터무니없는
스킬로 🛒
이세계 방랑 밥

9 곱창구이
× 폭식의 축제

에구치 렌 지음
author • Ren Eguchi
마사 일러스트
illustration • Masa
이신 옮김

터무니없는 스킬로 이세계 방랑 밥

9

곱창구이
✕
폭식의 축제

에구치 렌 지음
author • Ren Eguchi
마사 일러스트
illustration • Masa
이신 옮김

인물 소개

무코다 일행

드라 짱
사역마
보기 드문 픽시 드래 곤. 작지만 성체. 역시 무코다의 요리를 노리 고 사역마가 되었다.

스이
사역마
갓 태어난 슬라임. 밥 을 준 무코다를 따르며 사역마가 된다. 귀엽 다.

페르
사역마
전설의 마수 펜리르. 무코다가 만든 이세계 요리를 노리고 계약을 요구하여 사역마가 되 었다. 채소를 싫어한다.

무코다
인 간
현대 일본에서 소환된 샐러리맨. 고유 스킬 '인터넷 슈퍼'를 지녔다. 특기는 요리. 겁쟁이.

신 계

루사루카
신
물의 여신. 공물을 노 리고 무코다의 사역마 인 스이에게 가호를 내 린다. 이세계의 음식을 정말 좋아한다.

키샤르
신
대지의 여신. 공물을 노리고 무코다에게 가 호를 내린다.
이세계 미용 제품의 효 과에 매료되었다.

아그니
신
불의 여신. 공물을 노 리고 무코다에게 가호 를 내린다. 이세계의 술, 특히 맥주를 좋아 한다.

닌릴
신
바람의 여신. 공물을 노리고 무코다에게 가 호를 내린다. 이세계의 단것, 특히 도라야키에 는 정신을 못 차린다.

◀ 다음

지금까지의 줄거리

수상쩍어 보이는 왕국의 '용사 소환'에 휩쓸려 검과 마법의 이세계로 오게 된
현대 일본의 샐러리맨 무코다 츠요시.
무코다는 어찌어찌 왕성을 나와 여행을 떠나게 되었으나,
고유 스킬 '인터넷 슈퍼'로 가져온 상품과 무코다의 요리를 노리고
'전설의 마수'부터 '여신'에 이르기까지 터무니없는 녀석들이 모여들더니
사역마가 되거나 가호를 내려주는 것이었다.
카레리나에 장만한 마이 홈(대저택)에서의
평온한 생활도 자리 잡아갈 무렵, 페르와 드라 짱과 스이에게 떠밀려
던전으로 향하게 된 무코다.
완전히 스스럼없어진 노예들에게 집을 맡기고,
드롭 아이템이 고기투성이인 '고기 던전'이 있다고 하는
로센달로 출발하는데……?

고유 스킬
『 인터넷 슈퍼 』
언제 어디서든 현대 일본
의 상품을 구입할 수 있는
무코다의 고유 스킬.
구입한 식재료에는 스테이
터스를 높이는 효과가 있다.

목 차

다음 ▶

"그나저나, 시끌벅적한걸."

나란히 늘어선 포장마차에서 호객하는 목소리를 들으며, 활기찬 모습에 무심코 그리 중얼거렸다.

우리는 로센달에 무사히 도착했다.

도중에 딴 길로 새기도 하면서(주로 페르와 드라 짱과 스이의 스트레스 발산을 위한 사냥이었다), 평소보다 조금 긴 12일간의 여행길 끝에 이 도시에 온 것이다.

카레리나에서 로센달까지 마차로 이동한다고 해도 한 달은 걸린다고 하니, 12일이라도 상당히 일찍 도착한 셈이기는 하지만.

카레리나 모험가 길드의 길드 마스터에게 "로센달의 모험가 길드에 연락을 넣어둘 테니, 도착하면 꼭 보고하러 가게"라는 말을 들었기 때문에 곧장 모험가 길드로 보고를 하러 갔다. 그랬더니 로센달 모험가 길드의 길드 마스터(이게 또 사람 좋아 보이는 통통한 아저씨라 고기 던전이 있는 이 도시의 길드 마스터에 아주 잘 어울렸다)가 기다리고 있다가 크게 환영을 해주었다.

글쎄, 이 마을에 S랭크 모험가가 온 것은 몇 년 만이라고 한다.

두 손을 비비며 바로 지명 의뢰를 부탁하고 싶은 건이 있다는 말을 해 왔지만, 아무래도 방금 도착한 참이라 아직 숙소도 정하지 못했으니 일단 좀 쉬게 해달라고 부탁했다. 모험가 길드 다음에는 상인 길드로 가서 평소처럼 집을 한 채 빌렸다.

7

이번에 빌린 곳은 방이 여덟 개로, 은퇴한 모험가가 소유했던 건물이었다.

마을 중심부와도 가깝고, 모험가 길드와도 고기 던전 입구와도 가까운 우량 물건이다.

이 마을에 있는 동안 머물 곳도 정해졌고, 아직 해가 지려면 시간도 남아서 이렇게 다 함께 거리로 나와본 것이다.

역시 고기 던전의 도시라 포장마차가 많기도 많았다.

여기저기에서 손님을 부르는 소리, 고기 굽는 소리와 냄새가 났다.

그러다 보니 페르와 드라 짱은 물론, 평소에는 가방 안에서 잠을 자는 스이도 페르의 등에 올라탄 채 연신 주변을 두리번거리고 있다.

"여어, 거기 잘생긴 형씨! 우리 집 고기 좀 먹고 가! 비전의 소스로 양념해서 맛있다고~."

꼬치에 꽂은 고기를 굽고 있는 포장마차의 아저씨가 말을 걸어왔다.

자신만만한 아저씨의 말대로 고소한 냄새가 감도는 것이 정말 맛있어 보이는 고기였다.

『어이.』

페르에게서 염화가 전해졌다.

"이거 먹고 싶다는 거지?"

『그래.』

페르의 번쩍번쩍 빛나는 눈이 아저씨가 굽는 고기에 못 박혀 있으니, 그야 알 수밖에 없지.

그보다, 페르. 침 흐르거든.

드라 짱도.

스이는 왠지 페르의 등에서 흥분한 듯 부들부들 떨고 있고.

『그럼 한 명당 열 개씩, 서른 개면 될까?』

『음, 더 먹을 거다.』

『다른 포장마차에서 파는 건 안 먹어도 괜찮은 거야?』

『물론 먹을 거다. 이건 일단 허기를 면하는 정도지만, 열 개로는 부족하다.』

그럼 페르와 스이는 스무 개, 드라 짱은 열 개면 되려나.

드라 짱은 그 이상 먹으면 다른 포장마차의 음식을 못 먹게 될 테니까.

"그럼 쉰 개 주세요."

"오오, 쉰 개나 사주는 건가? 고마워! 쉰 개면 은화 세 닢이야. 구워둔 게 서른 개 있고, 나머지 스무 개도 얼른 구워줄 테니 조금만 기다리라고!"

아저씨에게 은화 세 닢을 건네고, 미리 구워둔 서른 개를 먼저 받았다.

받은 고기를 페르와 드라 짱과 스이가 빠안히 응시하고 있다.

"저기, 포장마차 뒤쪽 공터를 빌려도 괜찮을까요?"

"그럼, 얼마든지."

아저씨의 포장마차 뒤쪽에 마침 공터가 있었던지라, 그곳을 빌려 페르와 드라 짱과 스이에게 꼬치구이를 내주었다.

꼬치를 뺀 고기를 전용 접시에 담아주자 맛있게 먹는 페르와 드라 짱과 스이.

"사역마한테 먹이려는 거였군그래. 그나저나, 너희 좋은 걸 먹는구나."

"언제나 열심히 일해주거든요. 먹는 것 정도는 맛있는 걸 먹게 해줘야죠."

"하하핫, 형씨는 사역마들한테 좋은 주인이군."

"그렇게 생각해주면 좋겠는데 말이죠. 아, 제 몫도 추가로 하나 부탁드립니다."

"그래. 여기, 마침 다 구워진 참이야. 많이 사줬으니까, 형씨 몫은 내가 쏘지."

"우와, 고맙습니다."

갓 구운 나머지 스무 개를 추가로 페르와 스이에게 내주었다.

그리고 나도 고소하게 구워진 고기를 덥석 베어 물었다.

"맛있어!"

어떻게 만들었는지, 바비큐 소스와 비슷한 양념을 바른 큼직한 고기는 쫄깃한 식감과 촉촉한 비계가 어우러져서 씹을 때마다 육즙이 입안에 퍼졌다.

"그렇지? 내가 자랑하는 꼬치구이라고!"

맛있다는 내 말에 아저씨도 기뻐하며 그렇게 대꾸했다.

『그래, 이건 제법 맛있었다.』

『맞아. 역시 숯불로 구운 고기는 못 참겠다니까!』

『맛있었어!』

페르도 드라 쨩도 스이도 이제 시작이라는 듯이 날름 비워버렸다.

"너희 너무 빨리 먹잖아~."

『흥, 이 정도로는 간에 기별도 안 간다. 나는 더 먹을 거다.』

『나도 아직 더 먹을 수 있다고.』

『스이도 더 먹을래.』

"네네, 알거든요."

『그나저나, 이 고기는 무슨 고기냐? 나도 처음 먹는 고기 같다
만…….』

『응? 그야 오크 고기인 거 아냐?』

나도 드라 쨩과 마찬가지로 오크라고 생각했다.

돼지고기 같은 맛이라, 당연히 그럴 거라고 생각했는데.

『아니, 오크는 아니다. 비계가 오크보다 담백한 느낌이 든다.』

그런가?

듣고 보니 그런 것 같은 기분도 들기는 하는데.

그런데 페르가 먹어본 적 없는 고기라니, 대체 무슨 고기지?

나는 먹고 있던 꼬치구이를 보았다.

"실례지만, 이거 무슨 고기인가요?"

"이거 말인가? 이건 던전 돼지라네. 고기 던전에서만 구할 수
있는 고기지! 그렇게 말해도, 고기 던전 중간층에 가면 팍팍 나오
지만 말이야. 으하핫."

호오~ 그런 돼지가 있는 거야?

좋은 정보를 들었는걸.

"뭐, 이 도시에서는 그다지 드물지도 않은 거지만, 형씨는 여기

처음 온 것 같으니까 던전 돼지로 만든 다양한 요리를 맛보라고!
어쨌든 신선한 던전 돼지는 이 도시에서밖에 먹을 수 없으니까!"

아저씨의 이야기를 듣고 있던 페르가 『오호라』 같은 추임새를
넣으며 눈을 형형하게 빛냈다.

이거 사냥할 마음으로 가득하군.

고기 던전 안의 던전 돼지가 페르에게 다 사냥당해서 일시적으
로 사라질지도…….

다른 모험가도 있으니까 그렇게 되지 않도록 말리기는 할 테지
만, 과연 어떻게 될는지.

아저씨의 포장마차를 뒤로하고 다른 포장마차를 물색했다.

아저씨의 이야기대로 팍팍 사냥할 수 있는 던전 돼지는 이곳에
선 흔한지, 던전 돼지를 쓴 포장마차가 많았다.

꼬치구이를 파는 곳이 가장 많았고, 던전 돼지고기를 쓴 소시
지 가게에 스테이크 가게까지 있었다.

미식의 성지라고 불리는 만큼 가게마다 다양한 궁리를 하고 있
는 듯했다.

꼬치구이 하나라도 단순하게 허브 솔트로 구운 곳부터 아저씨
네처럼 비전의 양념을 쓴 곳, 독자적으로 연구했는지 향 채소를
넣은 소금 양념을 쓴 곳도 있었다.

다른 도시와는 일선을 달리하는 다채로운 맛에 깜짝 놀랐다.

음식점이 많은 만큼 제각기 절차탁마하여 이러한 발전을 이루
었는지도 모른다.

그리고 던전 쇠고기를 쓴 포장마차도 제법 많았다.

이 던전 소는 던전 돼지와 마찬가지로 던전에서만 구할 수 있다고 한다.

던전 돼지가 있는 중간층보다 아래 계층에 있다는데, 이쪽 역시 팍팍 잡을 수 있는가 보다. 이 도시에서는 던전 돼지와 같이 흔한 고기인 듯했다.

맛은 수입산 쇠고기 같은 느낌이었다.

찜 요리에 잘 맞을 것 같다.

페르와 드라 짱과 스이는 던전 돼지고기 쪽이 좋다고 했지만, 던전 소도 어느 정도는 확보하기로 했다.

어차피 던전의 드롭 아이템이라 해체하는 수고도 들지 않으니까, 가능한 한 다양한 고기를 많이 확보하고 싶은 마음이다.

이런 느낌으로 정보를 약간 수집하면서, 우리는 배가 부를 때까지 길거리 음식을 즐겼다.

『음, 역시 네가 구운 고기 쪽이 맛있구나.』

『그렇지? 어제 포장마차에서 먹은 고기도 나쁘지 않았지만, 네가 굽는 고기 쪽이 맛있어. 역시 이 고기에 뿌린 양념 맛이 전혀 달라.』

『주인, 고기 아주 맛있어~.』

어제 갔던 포장마차에 대항하려는 것은 아니지만, 심플 이즈 베스트인지라 오늘 아침은 불고기덮밥으로 해보았다.

블러디 혼 불 고기를 굽고, 시판 불고기 양념을 뿌려서 따끈따끈한 밥에 올릴 뿐.

깨소금을 솔솔 뿌리고 한가운데에 달걀노른자를 토핑해보았다.

매우 간단한 덮밥이지만 이게 맛있단 말이지.

드라 짱, 고기에 뿌린 양념 맛이 전혀 다르다고?

그야 당연하지.

일본의 식품 회사가 연구에 연구를 거듭하여 다다른 맛이니까.

사용한 것은 내가 좋아하는 인기 상품인 불고기 양념이다.

이것저것 다양하게 써봐도 이게 제일 맛에 균형이 잡힌 느낌이다.

"응, 역시 맛있네."

나도 아침부터 모두와 같이 불고기덮밥을 배불리 먹었다.

아침부터 고기라니 하고 생각하면서도 가끔은 괜찮을지도 모른다는 결론에 이르는 걸 보면 고기를 좋아하는 먹보 트리오에게 옳은 모양이다.

그래도, 맛있네.

모두 함께 든든하고 배부르게 불고기덮밥을 만끽한 다음엔 바로 던전에 가자는 이야기가 나왔다.

어제 포장마차에서 먹은 던전 돼지와 던전 소가 생각보다 마음에 든 페르와 드라 짱과 스이가 고집을 부리니 어쩔 수 없었다.

이 도시에는 어제 막 도착한 참인데.

던전은 가겠지만 그 전에 우선은 모험가 길드부터 들르기로 했다.

일단 던전에 들어간다고 알려두는 편이 좋을 테고, 이 도시의 길드 마스터인 쟌니노 씨가 의뢰하고 싶은 게 있다고도 했었으니까.

◇ ◇ ◇ ◇ ◇ ◇

로센달의 모험가 길드는 아침부터 대성황이었다.

페르와 드라 짱을 데리고서 들어가니(스이는 당연히 가죽 가방 안에 있다) 일순 고요해졌지만 이내 다시 시끌벅적해졌다.

우선은 창구로 가려 했는데 직원이 전달했는지 금세 길드 마스터인 쟌니노 씨가 통통한 몸을 흔들면서 종종걸음치며 우리 앞으로 다가왔다.

"무코다 씨, 일찍 와주셔서 감사합니다. 자자, 제 방으로 가시죠."

쟌니노 씨의 안내를 받아 2층에 있는 길드 마스터의 방으로 향했다.

"자자, 앉으시죠."

쟌니노 씨가 권하는 대로 맞은편 의자에 앉았다.

"이곳 길드는 아침부터 상당히 북적이네요. 뭔가 아이들도 제법 있던데요?"

그랬다. 어째선지 열 살 정도의 코흘리개 꼬맹이 집단이 있었다.

"아, 그건 고아원 아이들일 겁니다."

글쎄 이 마을에만 적용되는 조치로, 고아원 아이들 중에서 장래 모험가가 될 예정인 아이들은 훈련을 위해 던전 1계층에서 활동이 가능하게 되어 있다고 한다.

"라는 건 표면적인 이야기이고, 요컨대 본인들 식비는 가능한 한 직접 벌라는 거죠."

쟌니노 씨의 말에 따르면, 이 주변에서 가장 부유한 이 도시에

15

는 주변 마을에서도 고아가 모여들어 고아원은 늘 인원 과잉이라고 한다.

그 때문에 다른 도시에 비해 넉넉한 보조를 받고 있음에도 운영이 힘들어 곤란한 상황이란다.

그렇다고 해도, 이 땅의 영주님도 고아원만을 보조할 수도 없는지라 고육지책으로 이러한 한정적인 조치를 취하게 되었다고 한다.

"이것도 이곳 던전의 난도가 그다지 높지 않아 가능한 일이지요. ……그야, 잘못되는 일도 있기는 합니다만."

이곳 던전은 난도 높은 던전에 비해 벌이는 적은 편이다. 하지만 전체 12계층 중 10계층보다 아래로 가지만 않으면, 운이 대단히 나쁘지 않은 한은 죽는 일도 없다.

게다가 드롭 아이템이 거의 고기인 만큼 굶을 일도 없어서, 이 도시의 모험가 대부분이 하급 중급 모험가라고 한다.

"향상심이 있는 모험가들은 일찌감치 이 던전에서 떠나고, 상급 모험가는 더 벌이가 좋은 던전으로 향하니까요. 결국 여기에 남은 건 안전하게 그럭저럭 벌면 된다고 여기는 모험가뿐이라서 말이지요……."

현재 이 도시에서 활동하고 있는 모험가 중 가장 위의 랭크가 C랭크 모험가 파티인데, C랭크 파티는 그들 하나밖에 없는 데다, 그 파티 멤버 전원이 처자식이 있어서 위험한 의뢰는 피하고 있다고 한다.

그런 연유로 최근 10계층 이후까지 가는 모험가가 전혀 없는 상태가 계속되고 있다고 한다.

하지만 아래층에 가까워질수록 드롭 아이템의 질도 좋아지는지라…….

"이제 슬슬 10계층 이후의 고기를 확보해달라며 상인 길드에서 재촉을 해 오고 있답니다."

평범한 정식 가게나 포장마차에서 쓰는 고기에 관해서는 딱히 지금 이대로도 문제는 없지만, 조금 고급 여관이나 식당 중에는 한정 메뉴로 10계층 이후의 고기를 이용한 요리를 메뉴에 둔 가게도 많아서 절실한 문제라고 한다.

아무튼, 이 한정 메뉴를 목적으로 이 도시를 찾아오는 귀족 같은 부유층도 있다고 하니 말이다.

"그렇군요. 그런 때 저희가 이 도시를 찾아왔다는 건가요?"

"네. 짐작하셨겠지만, 무코다 씨에게 드릴 의뢰라는 건 바로 10계층 이후의 고기를 꼭 확보해 와주십사 하는 겁니다."

"물론 던전에 들어갈 예정이니 그건 괜찮습니다만, 10계층 이후에서는 어떤 고기가 나오나요?"

한정 메뉴에 쓰이는 고기이고, 부유층도 일부러 먹으러 오는 고기라는 말을 들으니 흥미가 일었다.

"이곳 던전에서만 구할 수 있는 던전 돼지와 던전 소는 알고 계십니까?"

"네. 중간층에 있다던가요?"

"10계층과 11계층에 있는 건, 그 상위종입니다."

쟌니노 씨의 이야기로는, 10계층에 있는 것이 던전 돼지의 상

17

위종이고 11계층에 있는 것이 던전 소의 상위종이라고 한다.

중간 계층에서 간단히 잡히는 던전 돼지와 던전 소의 상위종 따위라며 얕잡아 보지 마시라.

들은 이야기에 따르면, 양쪽 모두 통상의 던전 돼지와 던전 소의 두 배가 넘는 크기인 데다가 성격도 거칠다고 한다.

커다란 몸집으로 하는 몸통 박치기나 짓밟기에는 주의를 해야 하며, 여기에 제대로 당하면 고랭크 모험가라도 무사히 넘어가지 못할 거라고 한다.

양쪽 다 고기가 맛있는데, B랭크 블러디 혼 불과 오크 상위종보다 이쪽이 더 맛있다는 사람도 있을 정도라나.

"제일 아래인 12계층에는?"

"12계층에서는 던전 돼지와 던전 소, 양쪽의 상위종이 나옵니다. 마릿수도 많아서 한층 주의가 필요하죠. 그리고……."

어느 정도의 확률인지 정확하지는 않지만, 때때로 특수 개체가 출현한다고 한다.

던전 돼지와 던전 소의 상위종 특수 개체는 크기와 거친 성질도 한층 두드러진다는 이야기를 들었다.

게다가 그 커다란 몸에 걸맞지 않게 움직임도 빠르다고 하니 성가시다.

하지만 그 육질은 부드럽고 비계 부분은 단맛이 도는 것이, 아무튼 맛있다고 한다.

『좋다. 지금 당장 그 고기를 사냥하러 간다!』

『고기다 고기! 닥치는 대로 잡아주겠어!』

『고기~!』

구석에서 얌전히 있던 페르와 드라 짱과 스이가 쟌니노 씨의 이야기를 듣고서 눈을 반짝반짝 빛내며 그렇게 반응했다.

맛있는 고기라는 말을 듣고 가만히 있을 수 없었는지, 페르도 드라 짱도 스이도 안절부절못하며 어슬렁대고 있었다.

"너희 말이야……."

좀 기다리라고.

너희가 갑자기 어슬렁거리기 시작하니까 쟌니노 씨가 놀라잖아.

"맛있는 고기란 말에 마음이 급해졌나 봅니다. 하하핫."

"펜리르 님께서 의욕을 내주신다니 문제없을 것 같군요. 잘 부탁드립니다."

"네. 그럼 바로 던전에 다녀오겠습니다."

우리는 모험가 길드를 뒤로하고 맛있는 고기를 찾아서 고기 던전으로 향했다.

고기 던전 1계층──.

"정말이지 편안하고 한가로운 풍경인걸."

고기 던전 1계층은 초원이 펼쳐진 곳이었다.

아니, 사실 들은 이야기에 따르면 고기 던전은 계층에 따라서 나오는 마물이 다를 뿐이지 모든 계층이 이런 느낌인 듯했다.

지금은 페르 등에 올라타 이동하고 있다.

1계층에는 2계층으로 향하는 전이 마법진이 네 개 있는데, 그중 가장 먼 마법진을 향해 가는 중이었다.

입구와 가까운 마법진에는 아래로 향하는 모험가들로 긴 줄이 생겨 있다고 하는 이야기를 사전에 들었기 때문이었다.

긴 줄을 서느니 던전 안을 견학할 겸 멀어도 한산한 마법진으로 가기로 한 것이다.

페르가 태워주면 그다지 시간도 걸리지 않을 테니 말이다.

이 1계층에서 나오는 것은 화이트 시프와 빅 래빗.

화이트 시프에서는 내장이나 고기가 드롭되고, 빅 래빗에서는 고기나 모피가 드롭된다고 한다.

이곳에서 빅 래빗 모피는 이른바 '꽝'이라고 하지만.

여기저기에서 화이트 시프 무리가 풀을 뜯고, 빅 래빗이 통통 뛰어다녔다.

"그냥 양이랑 토끼네. 보통보다는 크지만."

화이트 시프는 평범한 양의 1.5배, 빅 래빗에 이르러서는 평범한 토끼의 두 배 정도는 되어 보였다.

이 계층에 있는 화이트 시프와 빅 래빗은 지나치게 가까이 다가가거나 건드리지 않으면 먼저 덤벼들지 않는다고 들었다.

그렇다면 동물과 다를 바 없다고 생각하기 쉽지만, 역시 마물은 마물. 지나치게 가까이 다가가거나 건드리면 맹렬하게 덤벼든다고 한다.

그렇다고는 해도 보통 이 계층에서 모험가는 활동하지 않는다.

그다지 벌이가 안 되는 데다, 중요한 고기도 화이트 시프는 특유의 냄새가 나고 빅 래빗은 질겨서 양쪽 모두 그다지 맛있는 고기라고는 할 수 없었기 때문이다.

모험가 대신 이 계층에서 활약하고 있는 것은 고아원의 코흘리개 꼬마들이었다.

그중에는 소수지만 소녀도 섞여서 대판 싸움을 벌이고 있었다.

잠시 지켜보니, 화이트 시프의 경우에는 구석에 있는 한 마리를 들키지 않도록 조금씩 조금씩 무리에서 떨어뜨려 고립시킨 다음에 전원이 달려들어 두들겨 패서 숨통을 끊었다.

무리를 상대할 수는 없으니 제법 괜찮은 방법이라고 생각했다.

소년 소녀가 손에 든 무기는 곤봉뿐이건만, 참으로 용감했다.

그런 소년 소녀를 곁눈질하며 전이 마법진을 향해 나아가던 중에 비명이 들려왔다.

"꺄악!!!"

"윽, 으아아아아아아아아아아악!"

"스사나! 헤럴드!"

엉덩방아를 찧은 소녀와 그 소녀를 일으켜 세우려 하는 소년에게 돌진하는 화이트 시프. 그리고 그것을 지켜볼 수밖에 없는 동료 소년들.

"드라 짱, 부탁해!"

『어쩔 수 없지.』

기동성이 가장 높은 드라 짱에게 부탁하자, 내키지 않는 느낌이기는 했지만 바로 날아가 주었다.

드라 짱이 얼음 마법을 날렸다.

"메엣……."

지금까지 보았던 것보다 훨씬 작은 뾰족한 얼음 기둥이 화이트 시프의 머리에 직격했고, 소년 소녀의 바로 앞에서 풀썩 옆으로 쓰러졌다.

"너희, 괜찮니?"

페르 등에서 "영차" 하고 내려서서 소년 소녀들에게 말을 걸자, 깜짝 놀란 표정 그대로 시선을 이쪽으로 돌렸다.

"우와아아아, 커, 커다란 늑대, 랑, 조그만 드래곤!"

제일 먼저 제정신을 차린 한 소년이 그렇게 소리쳤다.

"아, 이 늑대랑 드래곤은 내 사역마니까 무서워할 것 없어."

"어? 사역마라니, 아저씨 테이머야?"

아, 아저씨…………?

나, 나는 절대 아저씨가 아니라고! 아직 20대거든!

"그렇지. 그리고 있지, 나는 아저씨가 아냐. 아직 20대라고. 형

이라고 부르도록 해."

"어째서? 아저씨는 아저씨잖아?"

"소년, 아니야. 20대는 아직 젊어. 형이야. 알았지?"

"알았어."

페르랑 드라 짱, 거기서 웃지 마.

"아, 친구를 구해줘서 고마워. 형!"

나를 아저씨라고 불러대던 리더로 보이는 소년이 그렇게 말하자 제정신을 차린 소년 소녀들이 "고마워!" 하고 잇따라 말했다.

화이트 시프의 몸통 박치기에 죽는 일은 없지만, 당했다간 튕겨 날아가서 타박상으로 이틀에서 사흘은 움직이지 못하게 된다고 한다.

잘못 맞으면 골절이 되기도 한다며, 도움을 받은 소년 소녀는 진심으로 감사를 전했다.

"너희도 고생이 많네."

"우리 평소에는 제법 잘하거든. 오늘은 스사나가 실수를 했지만."

그렇게 말하면서 리더 소년이 스사나라고 불린 소녀를 바라보았다.

"에헤헤, 넘어졌어."

"헤럴드도 좋아하는 여자를 구할 셈이면 더 빠르게 움직이라고."

리더 소년에게 그런 말을 들은 헤럴드라는 소년은 "무슨" 하고 말을 잇지 못한 채 얼굴을 새빨갛게 물들였다.

젊구나, 젊어.

"형, 여기. 드롭 아이템인 고기야."

리더 소년이 조금 전 쓰러뜨린 화이트 시프의 드롭 아이템인 고기를 건넸다.

"아니, 필요 없어. 우리가 노리는 건 더 아래 계층의 고기니까. 너희가 가져가도 돼."

"뭐? 괜찮은 거야?"

"그래."

그렇게 말하자 소년 소녀들에게서 환성이 일었다.

"이걸로 빈손으로 돌아가는 일은 면했어."

"응. 다들 기대하고 있을 거야."

이야기를 들어보니, 여기서 구한 고기가 식탁에 올라간다고 한다.

고아원 아이들은 매일 여기서 구한 고기를 먹기를 은근히 기대하고 있는 모양이었다.

"힘들지만, 우리가 있는 곳은 다른 마을의 고아원보다 훨씬 낫다고 들었어."

뭐, 그렇겠지.

매일 고기를 먹을 수 있다는 것만으로도 축복받은 환경인 편이리라 생각한다.

"고기는 고아원 식사에 쓰이고, 원장 선생님이 다른 아이템은 팔아서 본인이 가져도 된다고 해주셔서 보람도 있어."

"맞아. 돈을 모아서 모험가가 될 때 무기를 사는 거야!"

과연.

고기는 고아원의 식사로 소비되고, 그 이외의 드롭 아이템은 아이들이 자유롭게 쓰는 건가.

이곳 고아원 원장 선생님은 양심적인가 보다.

"그나저나, 형네 사역마는 세네."

리더 소년이 드라 짱을 보며 그렇게 말했다.

"저 커다란 늑대도 세 보이고."

자신보다도 몇 배나 커다란 페르를 올려다보는 소년.

"뭐 그렇지."

응, 주인인 나보다 확실하게 강하니까.

"테이머는 처음 봤는데, 역시 강하구나. 나도 될 수 있을까?"

"바보야. 테이머라는 건 적성도 있어야 해서 좀처럼 되기가 어렵다고."

"그, 그런 건 해보지 않으면 모르는 거잖아!"

"아, 네네. 싸우지 말고."

"쉿. 다들, 저기."

갑자기 눈초리가 날카로워진 리더 소년이 "저거" 하고 손가락으로 한곳을 가리켰다.

그곳에 있던 것은 평범한 닭보다 훨씬 커다란 브로일러 같은 닭이었다.

"와일드 치킨이다!"

"우와아, 우리 운이 좋은걸!"

작은 목소리로 그런 대화를 나누는 소년들.

"들키지 않도록 주의하면서 포위하자."

"""""응.""""""

익숙하게 조용히 포위망을 좁혀서 와일드 치킨이라고 불리는 닭을 둘러싸는 소년 소녀들.

그리고…….

"지금이다!"

우르르.

리더 소년의 신호와 함께 달려드는 소년 소녀.

"으라차!"

"웃차!"

"야압!"

"에잇!"

"우오옷!"

쿵, 뽀각, 퍽, 콰직, 따악——.

반격할 틈도 없이 달려든 소년 소녀들의 곤봉에 두들겨 맞는 와일드 치킨.

"꼬끼이이오오……."

한 번의 울음소리와 함께 절명했다.

와일드 치킨에게는 재난일 테지만, 어쩔 수 없지.

던전이니까.

"아자! 고기다, 고기가 나왔어!"

"여기는 화이트 시프와 빅 래빗이 나온다고 들었는데, 그것만이 아니구나."

"형, 이 와일드 치킨은 2계층의 마물이야. 가끔 무리에서 '떨어진' 게 이렇게 1계층에서도 나오거든. 잡내가 없고 맛있어!"

소년 소녀들이 오늘은 맛있는 걸 먹겠다며 신나 했다.

고아원에 가지고 가본들, 다 함께 나눠 먹으면 입에 댈 수 있는 건 얼마 안 될 텐데. 씩씩하네.

좋아, 나도 조금은 도와줘 볼까.

아까부터 신경이 쓰였던 손에 든 곤봉.

"저기, 너희 무기는 그 곤봉뿐이니?"

"맞아. 무기를 살 돈 같은 건 없으니까. 장작으로 쓸 것 중에 단단하고 튼튼한 걸 골라서 쓰고 있어. 그래도 부러지는 일이 있으니까, 일단 예비로 몇 자루 들고 다녀."

원래 장작이었던 건가…….

"그거, 조금 손을 봐줄 테니까 빌려주지 않을래?"

"응? 상관없지만, 손을 봐주다니 뭔가 해주려는 거야?"

"그래. 조금 더 단단하고 쥐기 쉽게 하는 거야. 그렇게 말해도, 하는 건 내가 아니지만 말이지……. 스이, 잠깐 일어나 줄래?"

어깨에 메고 있던 가죽 가방을 살짝 흔들며 그렇게 말을 걸었다.

『우웅~, 주인, 왜애?』

스이가 천천히 가방 안에서 나왔다.

"내 사역마인 슬라임 스이야."

소년 소녀에게 소개했다.

"스이는 여러 가지를 할 수 있거든……. 스이, 이 곤봉을 이런 느낌으로 쥐기 쉽게 해주고 수분을 빼서 단단하게 만들 수 있을까?"

가지고 있던 종이에 배트를 그려서 이런 느낌으로 해달라고 부탁했다.

『응, 그거라면 간단해. 해볼게.』

리더 소년에게 받은 곤봉을 스이에게 건넸다.

『주인, 다 됐어.』

1분도 걸리지 않아서 목제 배트가 완성되었다.

"오! 스이, 고마워."

시험 삼아 휘둘러 봤는데 느낌이 괜찮았다.

역시 스이야.

"자, 여기. 단단해지고 들기도 편해졌으니까, 곤봉보다는 나을 거야."

"오오~."

리더 소년에게 건네자 냉큼 시험 삼아 휙휙 휘둘렀다.

"이거 좋은걸! 손에 들기 편해져서 마음껏 휘두를 수 있어! 형, 고마워!"

리더 소년의 말을 듣고서 다른 소년 소녀가 "내 것도!" "나도!" 하고 우르르 몰려들었다.

"아, 다들 진정해. 너희 것도 다 해줄 테니까. 차례대로, 차례대로."

스이에게 부탁해 다른 아이들 것도 차례차례 배트로 만들어주었다.

"오오오, 대단해! 휘두르기 편해!"

"정말로! 이거라면 힘껏 휘두를 수 있어!"

"지금까진 놓칠 것 같아 불안했는데, 이거라면 나도 할 수 있겠어!"

"이거라면 힘껏 칠 수 있겠는걸!"

소년 소녀들이 기뻐하며 배트를 휘둘렀다.

"이걸로 조금은 효율 좋게 사냥할 수 있겠지. 열심히 해!"

""""""고마워!""""""

우리는 소년 소녀들의 배웅을 받으며 다시 전이 마법진을 향해 갔다.

◇ ◇ ◇ ◇ ◇

2계층도 초원이 펼쳐져 있었다.

이 계층에 있는 것은 와일드 치킨과 혼 래빗이다.

갓 모험가가 된 듯한 느낌의 소년 소녀를 드문드문 볼 수 있었다.

우리가 노리는 것은 하층의 던전 돼지와 던전 소의 상위종이니, 이 계층은 당연히 패스다.

이 계층의 전이 마법진도 네 군데 있다고 들었는데, 여기서도 가장 먼 마법진으로 갔다.

어느 전이 마법진을 쓰든 전이해 가는 곳은 같은 장소가 되기 때문에, 거기서 가까운 전이 마법진은 결국 모험가로 붐비게 된다고 한다.

목적지인 가장 먼 마법진을 향해 가면서 봤는데, 가까운 전이 마법진에는 역시 긴 행렬이 생겨 있었다.

나한테는 페르가 있으니까 먼 마법진이라도 별것 아니지만, 평범하게 걸어간다면 몇 시간이나 걸릴 터다.

이 던전에 들어온 모험가는 드롭 아이템이 생고기이기도 해서, 기본적으로 당일 바로 돌아가야 한다. 그래서 아무리 붐벼도 가까운 전이 마법진을 이용하는 것이 당연하다고 한다.

그러한 이유도 있어서, 많은 모험가가 메인 사냥터로 삼고 있는 중층 8계층 주변까지는 이런 상태가 계속된다고 들었다.

3계층, 4계층, 5계층으로, 특별히 관심이 가는 사냥감도 없어서 아무것도 하지 않고 지나쳐갔다.

그리고 6계층.

던전 돼지가 서식하고 있는 계층이다.

이 도시에서도 수요가 많은 던전 돼지가 나오는 계층이기도 해서, 눈에 띄는 모험가도 한층 늘어났다.

"저게 던전 돼지구나. 꽤 큰걸."

던전 돼지는 아래턱에서 튀어나온 날카로운 송곳니가 특징인, 연갈색 털에 통통하게 살이 찐 돼지였다.

"어떡할래? 잠깐 사냥하고 갈까?"

『가는 길에 조금 사냥하는 정도로 끝내는 게 좋겠지. 우리가 노리는 건 이것보다 상위종이니까.』

『맞아. 상위종 고기가 더 맛있다잖아. 어차피 할 거면 맛있는 고기 쪽이 좋다고.』

『스이는 뭐든 다 좋아. 하지만 고기는 맛있는 게 더 좋을지도.』

노리는 건 어디까지나 맛있는 고기인 상위종이라는 말이지?

"그럼, 전이 마법진으로 가는 도중에 딱 마주치면 사냥하면서 가는 걸로 할까?"

『그래.』

◇ ◇ ◇ ◇ ◇

우리가 전이 마법진을 향해서 나아가던 도중에 앞쪽에서 던전 돼지 무리가 나타났다.

『흠.』

쏴아, 쏴아, 쏴아──.

""""""꾸웨엑!""""""

초원에 울려 퍼지는 던전 돼지의 절규.

"우와……."

날카로운 바람이 불어닥쳐 던전 돼지를 잘게 베어 나갔다.

"저건 페르의 바람 마법이야?"

『그래. 성가시니까. 겸사겸사다.』

겸사겸사 섬멸당한 돼지님, 명복을 빕니다.

위치가 안 좋았어.

"일단, 고기 주워 갈까?"

『그래.』

스무 마리 이상 있던 던전 돼지는 전부 고기로 변해 있었다.

"여기 던전은 쓰러뜨리면 반드시 드롭 아이템이 나온다니 좋네."

정성스레 이파리로 포장된 고깃덩어리가 점점이 떨어져 있었다.

그중에…….

"이거, 내장이잖아! 우와, 이게 있으면 곱창전골이라든가 내장 조림을 만들 수 있어! 내장은 구워도 맛있는데~. 너무 기대 되는걸."

　내가 내장을 주우며 신나 하자 페르와 드라 짱과 스이가 다가왔다.

　『음? 왜 그러지?』

　"내장이야 내장! 이거 맛있다고~."

　『맛있어? 그럼, 스이 먹을래.』

　『내장인가? 흐음, 네 요리에 익숙해지다 보니 아무래도 좀……..』

　『그렇지? 내장은 냄새가 나잖아? 못 먹을 건 없지만, 네 요리에 익숙해진 지금은 아무래도 먹을 마음이 들지 않는걸.』

　"아니, 하지만 제대로 요리하면 맛있다고. 신선한 내장은 누린내도 안 나서 정말로 맛있다니까."

　내가 그렇게 말하자 페르도 드라 짱도 『정말이냐?』『저게 맛있다고?』라며 반신반의했다.

　"아무튼 맛있는 걸 만들어줄게. 먹어보면 깜짝 놀랄걸? 게다가 여기에서 내장이 나온다는 건, 이 아래 계층인 7계층의 던전 소 드롭 아이템에서도 나올 확률이 높고, 더 아래 있는 상위종의 드롭 아이템 중에서도 나올 수 있다는 거잖아. 신선한 내장을 잔뜩 구하는 거니까, 맛도 안 보고 무턱대고 싫어하는 건 손해라고."

　던전 돼지와 던전 소의 내장을 잔뜩 구하면 다양한 요리를 만들 수 있을 터다.

　던전 소 상위종의 내장으로 오랜만에 곱창전골 같은 걸 만들어도 좋겠는걸.

그런 느낌으로 내장 요리 생각을 해가며 드롭 아이템 고기를 줍고 있으려니, 주변이 소란스러워졌다.

"응?"

고개를 들어보니 이 계층에 있던 모험가들이 우리 주변을 둘러싸고 있었다.

"어이, 저거 테이머지?"

"별일이네."

"나 알아. S랭크 테이머잖아?"

"S랭크?!"

"소문으로는 드랭과 에이블링의 던전을 답파했다던데."

"그게 사실이라면 대단한걸."

"하지만 말이지, 저 기세로 사냥해대면 우리가 사냥할 게 없어질 거야."

"확실히."

"수가 적어지면 다시 나온다고는 해도, 다음 날까진 늘지 않잖아."

모험가들의 시선이 따가웠다.

죄, 죄송합니다.

지당하신 말씀입니다.

모험가가 많은 이 계층에서의 사냥은 포기하고, 서둘러 앞으로 나아갔다.

그리고 전이 마법진을 통해 7계층으로.

7계층에 있는 것은 던전 소.

당연히 이 계층에도 모험가는 많았다.

괜한 마찰을 피하기 위해 이 계층도 그대로 통과해 전이 마법진을 향해 곧장 나아갔고, 8계층으로.

8계층은 던전 돼지와 던전 소 둘 다 있는 계층이다.

6~7계층에 비해 모험가 수는 약간 줄었지만, 여전히 상당한 수의 모험가가 열심히 사냥하고 있었다.

그런고로 물론 이 계층도 그대로 통과다.

그리고 9계층.

9계층에 있는 것은 우리 식탁에도 자주 오르는 코카트리스다.

이 계층에 이르러서야 겨우 모험가 수도 크게 줄었다.

"우리는 평범하게 먹고 있지만, 생각해보니 코카트리스도 C랭크 마물이었지."

페르와 드라 짱과 스이 덕분에 좋은 고기만 먹다 보니 깜빡하곤 하는데, 우리가 일상적으로 먹는 오크도 코카트리스도 일반 서민에게는 조금 분발해야 먹을 수 있는 좋은 고기였지.

"코카트리스는 조금 사냥해 갈까?"

『그래, 이 고기는 그럭저럭 먹을 만하니 말이다.』

『맞아. 이거 튀김으로 해 먹으면 나쁘지 않지.』

『튀김~.』

"아, 다들 이 주변에 있는 것만으로 충분하니까."

페르와 드라 짱과 스이가 흩어졌다.

그리고 10분도 채 지나지 않는 사이에 주변은 온통 고깃덩어리투성이가…….

"그만, 그만! 이제 충분, 충분하다고!"

『음, 벌써 끝인 거냐?』

『뭐야? 벌써?』

『주인, 벌써 끝이야?』

"충분해. 이거 다 주워 모으는 게 더 큰일이라고."

대충 세어본 것만 해도 30은 넘어 보이는 고깃덩어리가.

앗, 이런, 주변에 있던 모험가들이 아연실색한 얼굴을 하고 있어.

"다들, 얼른 주워서 아래 계층으로 가자."

모두의 협력을 받아 서둘러서 코카트리스 고기를 회수한 다음, 근처 전이 마법진으로.

다음은 드디어 목적하던 사냥감이 있는 10계층.

10계층부터는 우리의 독무대다.

우선은 던전 돼지의 상위종을 전부 사냥해보자고!

10계층──.

들었던 대로, 모험가의 모습은 전혀 보이지 않았다.

멀리에서 보아도 커다랗다는 것을 알 수 있는 던전 돼지의 상위종이 뒹굴고 있거나 우물우물 풀을 먹거나 하고 있었다.

"다들, 여기서부터는 사양할 필요 없어."

『그래. 알고 있다. 상위종인 맛있는 고기라고 했겠다.』

던전 돼지의 상위종을 보는 페르의 눈이 번뜩였다.

『마구 사냥해주겠어!』

『맛있는 고기 많이 사냥할래!』

드라 짱도 스이도 의욕이 넘쳤다.

"그럼 나는 회수를 전담할 테니까, 다들 부탁해."

내가 그렇게 말하자 페르와 드라 짱과 스이가 초원으로 흩어졌다.

"그나저나 상위종은 평범한 던전 돼지보다 두 배는 크다고 듣기는 했지만, 정말로 크네……."

던전 돼지 상위종은 멀리서 보아도 압력이 느껴질 만큼 커다랬다.

그렇게 혼잣말을 하는 사이에 던전 돼지의 단말마가 여기저기에서 들려왔다.

"꾸웨에에에엑!"

"꾸우우우울!"

"끄, 끄이이익!"

…………사냥, 순조로운 것 같네.

"자, 그럼 나도 고기를 회수하러 가볼까."

우선은 파죽지세로 차례차례 던전 돼지를 사냥해대는 페르 쪽으로.

페르가 지나간 자리에는 수많은 던전 돼지의 고깃덩어리가 굴러다니고 있었다.

그것을 하나도 남기지 않고 열심히 주워나갔다.

그사이에도 페르는 확실하게 던전 돼지 무리를 발견하고는 계속해서 사냥해나갔다.

페르의 사냥은 단순하면서 확실하다.

던전 돼지 상위종 무리를 발견하고 돌격한 뒤, 앞다리를 휘두른다.

페르가 고안해냈다고 하는 발톱 참격이다.

발톱 끝에 마력을 담아 그것을 방출함으로써 참격을 만들어내고 적을 베어 가른다는 터무니없는 기술.

앞다리를 한 번 휘두른 발톱 참격으로 십수 마리는 되는 던전 돼지 무리를 괴멸시키고, 다음 무리로 향해 가는 페르.

"사냥하는 게 너무 빨라서 회수가 못 따라가는데……."

줍고 있는 동안에도 차례차례 무리를 고깃덩어리로 만들어가는 페르를 따라가지 못하고 무심코 그렇게 중얼거리는 나.

"아앗, 벌써 저렇게나 멀리."

페르로 말하자면, 이미 저 멀리 있는 무리를 사냥하는 중이었다.

"이제 됐어. 페르 건 나중에 회수하기로 하고, 드라 짱과 스이걸 먼저 회수하자."

비교적 가까운 곳에서 사냥을 하고 있는 드라 짱과 스이가 사냥한 것을 회수하기로 했다.

우선은 드라 짱 쪽으로.

무리를 사냥하는 중이라 얼음 마법을 쓰고 있었다.

하늘에 뜬 끝이 뾰족한 여러 개의 얼음 기둥이 던전 돼지를 향해 쏟아져 내렸다.

"꾸이이이익."

"끄히이이익."

"꾸힉."

얼음 기둥에 꿰뚫린 던전 돼지가 비명을 질렀고, 그 커다란 몸이 쿵 하는 소리를 내면서 쓰러져갔다.

"드라 짱 쪽 사냥도 순조롭네."

『나한테 걸리면 당연한 일이지. 좋아, 다음 가자. 다음. 고기를 잔뜩 확보하겠어!』

그렇게 말하며 다음 무리를 향해 가는 드라 짱.

나는 드라 짱이 남긴 고깃덩어리를 열심히 주웠다.

당연하게도 내장도 있었다.

다음은 스이 쪽으로 가보았다.

스이도 기운차게 던전 돼지 무리를 사냥하고 있었다.

특기인 산탄을 차례차례 날려서 던전 돼지를 고깃덩어리로 바꾸어갔다.

풋, 풋, 풋, 풋, 풋——.

스이에게 정확하게 머리를 꿰뚫린 던전 돼지는 비명도 지르지 못하고 쓰러져갔다.

"스이, 대단한걸!"

『에헤헤~ 스이 대단해? 하지만 있지, 더 많이 많이 사냥할 거야. 페르 아저씨한테도 드라 짱한테도 안 질 거야.』

"그렇구나."

『주인, 돼지 더 쓰러뜨리고 올게~.』

"그래, 조심해야 한다."

『알았어.』

그렇게 말하며 스이는 다음 던전 돼지 무리를 향해 갔다.

나는 스이가 남기고 간 고깃덩어리를 이번에도 열심히 주웠다.

"후우, 그나저나 끝이 없네. 하지만 여기서 맛있는 고기를 확보할 수 있는 건 감사한 일이니까. 힘내자."

나는 고깃덩어리를 찾아서 하나둘 주웠다.

그리고 한 시간 후──.

"아이고, 허리 아파."

줄곧 상체를 숙인 자세로 고기를 줍다 보니 허리에 무리가 왔다.

허리를 펴려고 몸을 뒤로 젖혔다.

"꽤 많이 주웠을 텐데⋯⋯."

주변을 둘러보니, 아직 고깃덩어리가 여기저기에 굴러다니고 있었다.

"이미 세 자릿수를 넘는 고깃덩어리가 내 아이템 박스에 들어가 있는데."

쟌니노 씨는 던전 돼지와 던전 소 상위종 고기는 가능하면 각각 열 마리분 필요하다는 말을 했었다.

그 양을 넘긴다고 해도, 나한테는 충분히 남는다.

"아니, 설마⋯⋯."

확실히 사양할 필요는 없다고 했지만, 정도라는 게 있는 법이다.

물론 그 점은 모두도 알고 있을 거라고 생각하는데.

뭔가 안 좋은 예감이⋯⋯.

아니, 하지만 아무리 그래도 그 점은 알고 있겠지?

그런 생각을 하고 있으려니, 등 뒤에서 페르와 드라 짱과 스이의 목소리가 들려왔다.

『어이, 끝났다.』

『다 사냥해버렸다고!』

『잔뜩 쓰러뜨려서 고기로 만들었어.』

녹슨 양철 인형처럼 삐걱거리며 천천히 뒤를 돌아보았다.

"끝났다니, 뭐가?"

『던전 돼지 사냥인 게 당연하지 않으냐.』

『마지막 한 마리까지 다 사냥했다고! 그렇지?』

『응! 고기 아주 많아!』

…………

마지막 한 마리까지……라고? 고기 아주 많아……라고?

10계층에 펼쳐진 초원을 둘러보았다.

……없다. 던전 돼지의 모습이 한 마리도 보이지 않아.

"너희, 너무 많이 사냥했잖아아아아아앗!"

◇　◇　◇　◇　◇

"후우~ 겨우 다 회수했네. 엄청 힘들었어."

『네가 사양할 것 없다고 하지 않았느냐.』

『맞아, 맞아.』

『고기 많이 사냥해도 된다고 생각했어.』

"저기 말이야, 아무리 그렇게 말했어도 정도라는 게 있잖아?
이 계층에 있던 던전 돼지를 전부 사냥하는 건 너무했다고."

　매직 백도 써서 모두의 도움을 받아 회수한 고깃덩어리는 최종

적으로 400에 가까웠다.

　사냥하는 시간보다 회수하는 시간 쪽이 길었을 정도다.

　"그냥 두는 건 아까우니까 전부 회수하기는 했지만, 다음 11계층에서는 적당히 해둬. 조금 더 필요하다 싶으면 또 들어오면 되니까. 이 마을에는 이제 막 온 참이고."

　이번에 빌린 집도 일주일 치 집세를 이미 냈고, 상황에 따라서는 연장할 생각이다.

　『그래, 알았다.』

　『예예.』

　『알았어.』

　"그럼, 11계층으로 가볼까?"

　『잠깐. 그 전에 밥이다.』

　『나도 찬성. 슬슬 배가 고프다고!』

　『스이도 배고파~.』

　듣고 보니 확실히 그러네.

　오늘은 이른 아침부터 여기 들어왔고, 이 계층에서 시간을 소비했으니까.

　"그럼, 여기서 밥 먹을까?"

　어디 보자, 뭘 만들까.

　밥을 먹고 나서는 11계층, 12계층에 가야 하니까, 그렇게 시간을 들일 수는 없는데.

　마음 같아서는 드롭 아이템으로 나온 내장을 쓰고 싶은 바이지만, 손질하는 데 시간이 제법 걸린단 말이지.

그렇다면 지금은…….

꺼낸 것은 이 계층에서 사냥한 고깃덩어리.

던전 돼지의 살코기와 지방층이 예쁘게 겹겹이 쌓여서 정말 맛있어 보이는 뱃살이다.

이곳의 드롭 아이템 중 내장은 내장만 따로 나오기에 혹시나 하고 감정을 해봤더니 목심, 등심, 안심, 삼겹살, 앞다릿살, 뒷다릿살로 훌륭하게 부위가 구분되어 있었다.

역시 고기에 특화된 던전답네.

빠르게 만든다고 하면 역시 볶음 요리고, 볶음 요리에 적당한 고기는 역시 삼겹살이다.

그런고로, 고깃덩어리 회수로 조금 지친 몸에 체력을 회복해준다는 의미도 더해서 고른 메뉴는…….

"역시 돼지고기 김치 볶음이지. 아이템 박스에 지어놓은 밥도 있으니까, 이건 돼지고기 김치 덮밥을 할 수밖에 없겠네."

그렇게 정했으면 이제 인터넷 슈퍼에서 재료 조달이다.

가장 중요한 배추김치와 양파. 쪽파에 마늘, 그리고 참기름과 삶은 달걀을 구입했다.

조미료류는 딱히 더 살 게 없으니 이거면 충분하겠지.

우선은 던전 돼지 삼겹살을 얇게 저며서 한 입 크기로 자르고, 술과 소금과 후추로 밑간을 해준다.

다음은 마늘을 잘게 다지고, 양파는 세로로 얇게 썰어주고, 쪽파는 쫑쫑 자른다.

배추김치는 클 경우에 숭덩숭덩 잘라둔다.

이제 프라이팬에 넣어 볶아주기만 하면 된다.

우선은 프라이팬에 참기름과 다진 마늘을 넣어 볶다가, 냄새가 나기 시작하면 밑간을 해둔 던전 돼지 삼겹살을 투입.

고기 색이 변하기 시작하면 얇게 썬 양파를 넣어 볶는다. 양파가 흐물흐물해졌을 때 배추김치를 넣고 김치가 전체적으로 고루 섞이도록 볶아준다.

마지막으로 맛간장과 마요네즈를 넣어서 간을 맞추고 조금 더 볶으면 완성이다.

마요네즈를 넣으면 김치의 매운맛이 부드러워지고 감칠맛도 생기기 때문에 추천한다.

이거라면 스이도 먹을 수 있겠지.

"질냄비로 지은 따끈따끈한 밥을 덮밥 그릇에 담고, 그 위에 고기 김치 볶음을 듬뿍……."

오오, 이것만으로도 맛있어 보이지만 아직 완성은 아니라고.

돼지고기 김치 덮밥 한가운데에 반숙 달걀을 올리고, 그 위에 쪽파를 살짝 뿌리면.

"좋아, 완성이다! 페르, 드라 짜……."

부를 것도 없이 내 바로 뒤에서 대기하고 있었습니다.

다들 군침을 흘리면서.

"여기."

모두의 앞에 놓아주자, 기다렸다는 듯이 돼지고기 김치 덮밥을 한입 가득 먹었다.

『음, 이건 맵고 독특하지만 중독될 것 같은 맛이구나.』

『그러게. 먹다 보면 계속해서 다음 한 입이 들어가는 맛이야.』

『조금 맵지만, 이 정도는 스이도 먹을 수 있어! 맛있어!』

김치는 특유의 향이 있어서 어떨까 싶었는데, 제법 평이 좋네.

다행이다. 다행이야.

돼지고기 김치 덮밥, 오랜만에 나도 먹어볼까.

한입 가득 돼지고기 김치 덮밥을 먹었다.

응, 역시 돼지 김치랑 쌀밥은 어울린다니까.

그나저나, 던전 돼지고기는 맛있는걸.

던전 돼지 삼겹살의 살코기 부분과 지방의 감칠맛이 맛이 진한 김치에도 지지 않잖아.

김치의 매운맛도 마요네즈를 넣어서인지 적당히 매콤해져서 먹기 좋다.

이거 손이 계속 가네.

『어이, 더 다오.』

『나도야.』

『스이도 더 줘!』

"아, 네네. 잠깐만 기다려."

돼지고기 김치 덮밥을 추가로 만들었다.

모두 배불리 먹고 나면 다음은 던전 소의 상위종이 있는 11계층이다.

기다려라. 던전 소.

11계층——.

검고 커다란 던전 소의 상위종이 여기저기서 풀을 뜯고 있었다.

던전 소는 생긴 건 흑모 와규와 똑 닮았는데, 크기는 목장에서 보는 소보다도 훨씬 컸다.

이 계층에 있는 상위종은 그 던전 소보다도 배는 크며 뿔까지 나 있었다.

"10계층의 던전 돼지 상위종도 크다고 생각했는데, 던전 소의 상위종은 훨씬 크네."

『그래. 고기가 얼마나 나올지는 모르지만, 마릿수도 제법 되니 배불리 먹겠구나.』

던전 소를 본 페르의 눈이 번뜩였다.

의욕(살기) 넘치는걸.

『고기다, 고기. 여기서도 닥치는 대로 사냥해주겠어!』

『맛있는 고기, 맛있는 고기~.』

드라 짱과 스이도 이번에도 역시 던전 소를 향해 달려갈 듯한 기세였다.

"아, 너희. 다시 한번 말하겠지만, 적당히 해둬. 적당히. 그리고……."

나는 아이템 박스에서 매직 백을 꺼냈다.

"이걸 페르에게 맡겨둘 테니까."

페르의 목에 매직 백을 걸었다.

"어느 정도 사냥하면, 고기는 페르가 가진 매직 백에 넣든지 나한테 주든지 해줘."

　모두 일단 대답은 했지만, 듣고 있는 건지 어떤 건지. 모두의 의식은 이미 던전 소에만 꽂혀 있었다.

『좋다. 드라, 스이, 가자!』

『가자고!』

『고기 많이 사냥할래!』

　페르의 기합 소리와 함께 모두가 흩어져 갔다.

　"적당히 해야 해. 적당히!"

　흩어져 가는 페르와 드라 짱과 스이에게 다시 한번 못을 박아 두었다.

　곧이어 던전 소의 비명이 여기저기서 들려왔다.

　"움머어어어어."

　"머어어어어어엇."

　"머, 움머어어어어."

　페르도 드라 짱도 스이도 초장부터 마구 사냥을 해대고 있나 보다.

　"정말이지, 괜찮으려나. 뭐, 일단은 고기를 회수하러 갈까. 너무 지나치다 싶으면 말리면 되지 뭐."

　·················.

　············.

　·······.

　"말리면 되지 뭐, 같은 안이한 생각을 한 내가 멍청했습니다……."

　초원에 무수하게 흩어져 있는 던전 소의 고깃덩어리를 앞에 두고 고개를 푹 숙이는 나.

페르도 드라 짱도 스이도 "그만 됐어!"라고 말해도 듣지를 않는다.

아니, 정신없이 사냥하느라 내 말은 애초에 듣고 있지도 않은걸.

결국 이 계층의 던전 소 상위종도 다 사냥해버렸어.

던전 소의 모습이 사라진 다음 페르와 드라 짱과 스이가 한 변명은 말이지…….

『음, 나도 모르게 다 사냥해버렸다.』

『아니 그게~ 맛있는 고기구나 싶어서 그만.』

『맛있어 보이는 고기라서 많이 사냥했어~.』

다 사냥해버린 후에 그런 말을 한들, 이미 어쩔 수가 없는 상황이잖아.

이대로 두는 건 아까우니까, 결국 다 함께 주워 모았다.

페르한테 매직 백을 들려줬던 보람이 있어서 10계층의 던전 돼지 때보다 고기 회수에 시간이 덜 걸렸던 것은 다행이지만.

아무튼 여기서도 세 자릿수를 넘는 던전 소 상위종의 고깃덩어리를 손에 넣고 말았다.

"하아, 그럼 다음으로 갈까. ……페르, 드라 짱, 스이. 알고 있을 거라고 생각하는데, 적당히 해. 적당히!"

『끈질기구나. 알고 있다.』

『안다니까.』

『알았어~.』

정말로 알고 있는 걸까?

◇ ◇ ◇ ◇ ◇

그리고, 드디어 도착한 고기 던전의 마지막 계층인 12계층.

"저게 던전 돼지와 던전 소의 상위종 중에서도 특수 개체구나."

명백하게 주변에 있는 던전 돼지와 던전 소보다 큰 개체가 몇 마리 눈에 띄었다.

게다가 던전 돼지의 아래턱에서 삐져나온 엄니도 던전 소의 뿔도, 훨씬 굵고 날카롭게 발달해 있었다.

『그래, 그런가 보구나. 게다가 저놈들, 건방지게도 우리를 향해 이빨을 드러낼 셈이다.』

"응? 이빨을 드러낸다니?"

의아하게 여기며 시선을 돌리자…….

"엑."

던전 돼지와 던전 소의 상위종 특수 개체가 우리 쪽을 똑바로 바라보고 있었다.

그리고 앞다리로 몇 번이나 땅을 차더니…….

"웁머어어어어어어어어어어."

"꾸우우우우우우우우울."

큰 소리로 운 특수 개체가 커다란 몸을 흔들며 전속력으로 우리를 향해 돌진해 왔다.

쿠구구구구구구구구구궁———.

땅이 울리는 듯한 발소리가 닥쳐들었다.

"큰일이야! 이쪽으로 달려오잖아!"

심지어 특수 개체를 따라서 상위종들도 이쪽으로 돌진해 오고 있었다.

"위험해 위험해 위험해!"

달려오는 던전 돼지와 던전 소 무리의 박력에 무심코 겁을 먹고 만 나.

『겁먹지 마라! 우리 상대가 안 된다! 드라, 스이. 본때를 보여 줘라!』

『당연하지! 이런 게 우리 상대가 될 리 없잖아! 전부 고기로 만들어주겠어!』

『그럴래! 스이, 많이 쓰러뜨릴 거야!』

겁먹은 나와는 대조적으로, 페르와 드라 짱과 스이는 달려오는 커다란 던전 돼지와 던전 소 무리에 맞서 달려나갔다.

그리고…….

콰아앙, 으드득으드드득──.

푸욱, 푸욱, 푸욱──.

콰직, 콰직, 콰직──

서걱, 서걱, 서걱, 서걱──.

풋, 풋, 풋, 풋, 풋──.

던전 돼지와 던전 소를 덮치는 번개.

그리고 낫으로 베는 듯한 참격.

종횡무진으로 날아다니며 던전 돼지와 던전 소에 바람구멍을 내는 불길에 감싸인 드라 짱.

던전 돼지와 던전 소의 머리를 꿰뚫는 얼음 기둥.

고속 연사되는 스이의 산탄.

페르와 드라 짱과 스이의 공격이 난무한다.

용맹하게 우리를 향해 오던 던전 돼지와 던전 소의 무리가, 지금은 불쌍하게 우왕좌왕하며 도망치고 있었다.

"…………너무 일방적이라 던전 돼지와 던전 소가 불쌍해졌어."

페르와 드라 짱과 스이, 무적의 트리오에게 반격을 당해 아비규환이 된 던전 돼지와 던전 소는 착실하게 수가 줄어갔다.

그리고 수십 분 후.

『좋았어, 이걸로 끝이다! 으라차!』

푸욱──.

불길을 두른 드라 짱이 고속으로 날아가 마지막까지 남아 있던 던전 소의 특수 개체 옆구리를 관통해버렸다.

"움머어어어어어어."

단말마를 지른 후, 무너지듯이 쓰러지는 커다란 몸.

그리고 남은 것은 커다란 고깃덩어리였다.

고요해진 초원.

던전 돼지와 던전 소 떼는 깔끔하게 자취를 감추었다.

"…………어이, 페르."

『음, 적당히 하라고 했지만, 이번에는 어쩔 수 없지 않으냐.』

『맞아, 이빨을 드러내고 덤빈 놈들이 잘못한 거야.』

『주인, 고기 아주 많아.』

"하아~ 확실히 이번에는 어쩔 수 없나. 쓰러뜨리지 않았다면 나도 위험했을 테고. 좋아, 그냥 두고 가는 건 아까우니까 일단

이 대량의 고기 회수를 시작하자. 다들 도와."

페르와 드라 짱과 스이와 함께 대량의 고깃덩어리를 주워 모았다.

"아아, 드디어 끝났다."

무심코 풀밭에 대자로 드러눕고 말았다.

『정말이지. 너는 약하구나.』

대자가 된 내 옆에 앉아서 나를 내려다본 페르가 어이없다는 듯이 그렇게 말했다.

"시끄러워~. 주워 모으는 것도 힘들단 말이야. 엉거주춤한 자세라 허리도 아프고."

『그게 약하다는 거다. 그만 일어나라. 배도 고프니 돌아가자.』

『찬성. 나도 슬슬 출출해.』

『스이도 배고파~.』

"아, 네네. 영차."

조금 더 쉬고 싶은 마음이었지만, 모두에게 재촉을 받아 무거운 몸을 일으켰다.

"그럼, 돌아갈까."

던전 밖으로 나오자 완전히 어두워져 있었다.

시간이 꽤 흘렀나 보다.

이번에는 모험가 길드의 길드 마스터인 쟌니노 씨의 의뢰이기도 했기 때문에, 늦어지고 말았지만 일단 모험가 길드에 들러보았다.

쟌니노 씨는 이제나저제나 하며 기다리고 있었는지, 길드에 들어서자마자 나타났다.

의뢰는 던전 돼지와 던전 소의 상위종 고기를 가능하다면 열 마리분 구해달라는 이야기였는데, 다섯 마리분을 더해서 넘겼다.

그게, 페르도 드라 짱도 스이도 의욕이 지나쳐서 10계층, 11계층, 12계층의 던전 돼지와 소의 상위종을 다 사냥해버렸으니까. 하하.

내 아이템 박스에는 대량의 고깃덩어리가 보관되어 있기도 하고.

쟌니노 씨도 오랜만에 상위종 고기를 입수했다는 사실에 기뻐 어쩔 줄 모르는 얼굴을 했다.

오랜만이라 매입 금액도 높게 책정해주었는지 전부 해서 금화 360닢이 되었다.

곧바로 매입 대금을 받고, 이 마을에서 묵고 있는 빌린 집으로 돌아갔다.

사실은 저녁 식사로 내장을 요리해서 먹고 싶었는데, 피곤해서 그럴 때가 아니었다.

저녁 식사는 간단하게 때우고 내장 요리는 내일로 미루자.

내일은 내장 요리를 실컷 즐길 테다!

아이템 박스에서 어제 구한 드롭 아이템인 던전 돼지와 던전 소의 내장을 꺼냈다.

　이파리 꾸러미를 열자…….

　"이건 염통(심장)이랑 간이랑 대장, 이쪽은 혀랑 양(소의 첫 번째 위)이랑 소장인가. 다양하게 들어 있는걸."

　감정하면서 부위를 확인해나갔다.

　던전 돼지 부위도 던전 소 부위도, 고맙게도 다양한 내장이 섞여 있었다.

　"다양한 부위가 있으니까, 여러 가지를 만들 수 있겠는걸. 하지만, 역시 제일 먼저 먹을 건…… 곱창구이지!"

　든든하게 먹는다면 역시 곱창구이가 제일이리라.

　비비큐 그릴도 있으니까 숯불로 구워서…….

　소장과 대장 부위를 보니, 가장 먹고 싶어지는 것은 역시 곱창구이였다.

　기름이 숯에 뚝뚝 떨어져서 연기가 피어오르는 모습을 떠올렸다.

　그리고 부드러운 식감과 입안 가득 퍼지는 단맛 도는 지방…….

　주르륵.

　이런, 군침이.

　물론 다른 부위도 먹을 거지만.

　그렇게 정했으니 우선은 내장 손질이다.

귀찮지만, 이 단계를 제대로 해야 맛있으니까.

내가 기대하고 있는 대장과 소장 종류를 특히 정성 들여 손질하지 않으면 전부 소용없어지고 만다.

정성껏 정성껏 손질하자.

내 경우엔 밀가루를 쓴다.

내장 요리를 파는 가게에서 쓰는 방법이라고 인터넷에서 본 후로 나도 이 방법을 쓰게 되었다.

밀가루를 넉넉하게 넣고 계속 주무르면 밀가루가 냄새와 불순물 등을 빨아들여 준다.

잘 주무른 다음은 깨끗하게 물로 씻는다.

냄새가 빠진 듯하면 채반에 담아서 물기를 제거해준다. 이걸로 손질 끝이다.

냄새가 덜 빠졌다면 밀가루를 넣고 주무르고 씻기를 다시 한번 반복하면 된다.

"알고는 있었지만, 손이 많이 가네. 뭐, 맛있는 걸 먹으려면 이 정도 고생은 어쩔 수 없으려나."

나는 그 후에도 묵묵히 손질을 계속했다.

"후우~ 겨우 준비가 끝났네."

손질도 했고, 밑간도 확실하게 했다. 만반의 준비가 다 되었다.

곱창구이는 된장 양념이 가장 잘 어울리겠다 싶어서, 된장 양념을 선택했다.

된장, 술, 맛술, 설탕, 고추장, 다진 마늘, 다진 생강, 참기름을 섞은 양념에 재워둔다.

밑간을 하지 않은 부위용으로 불고기 양념도 당연히 준비했다.

언제나 쓰는 꾸준하게 인기 있는 불고기 양념 외에, 조금 분발해서 모 고급 불고기 가게의 불고기 양념도 준비해보았다.

다음은 정원으로 나가서 비비큐 그릴을 준비해서 굽기만 하면 된다.

◇ ◇ ◇ ◇ ◇

좌아아 하는 고기 굽는 소리.

그리고 기름이 뚝뚝 떨어져 숯에서 피어오르는 연기.

참으로 위를 자극하는 비주얼이다.

눌은 된장 양념 냄새가 더더욱 위를 자극한다.

나는 집게를 써서 대량의 곱창을 구웠다.

『어이, 아직이냐?』

『서두르라고.』

『주인, 아직?』

군침을 흘리며 이제나저제나 구워지기를 기다리는 페르와 드라 짱과 스이.

"으음, 조금만 더 기다려. ……이건, 괜찮으려나."

고소하게 구워진 던전 소 곱창을 접시에 담아서 모두의 앞에 내주었다.

"여기."

『이게 그 내장인가. 참으로 식욕을 돋우는 냄새이긴 하다만…….』

"자, 일단 먹어봐. 맛은 보장해."

『그래. 어디…….』

한 입 먹은 페르는 덤벼들 듯이 허겁지겁 먹기 시작했다.

그것은 드라 짱과 스이도 마찬가지였다.

정신없이 우걱우걱 먹고 있다.

"하하하, 맛있지? 오, 이쪽도 슬슬 괜찮으려나."

던전 돼지 곱창이다.

이쪽은 돼지니까 더 잘 구웠다.

터질 듯이 부풀어 오르며 잘 구워진 내장을 보고 무심코 꿀꺽 침을 삼켰다.

앗, 사둔 그걸 꺼내야지.

아이템 박스에서 꺼낸 것은 차갑게 해둔 맥주였다.

기름진 곱창이라면 깔끔하고 톡 쏘는 드라이 맥주가 잘 어울릴 거라고 생각했고, 그렇게 내가 고른 것은 A사의 맥주였다.

푸슉───.

"좋아, 맥주 준비도 완벽해. 그럼 먹어볼까."

기름이 떨어지는 곱창을 덥석.

"아앗, 뜨거워. 후우, 후우…… 뜨겁지만, 맛있어!"

입안에 쫙 퍼지는 달고 진한 맛이 나는 기름기…….

밑간한 된장 양념이 이래도 되나 싶을 만큼 잘 어울렸다.

가게에서 먹은 모 B급 음식 그 자체였다.

곱창을 먹은 다음은 당연히 이거다.

꿀꺽 꿀꺽 꿀꺽 꿀꺽 꿀꺽, 푸하아.

"최고야!"

역시 이거야, 이거!

못 참겠네.

곱창을 덥석덥석 집어삼키고 맥주를 꿀꺽.

"하아~ 진짜 최고야."

이 기적이라고도 할 수 있는 절묘한 조합에 푹 빠져 있으려니, 더 달라고 요구하는 셋의 목소리가 들려왔다.

『어이, 그것도 맛있어 보이는구나. 이번에는 네가 먹는 걸 다오.』

『나도.』

『스이도!』

"네네, 던전 돼지 말이지."

이번에는 던전 돼지 곱창을 접시에 담아서 내주었다.

곧바로 우걱우걱 먹는 페르와 드라 짱과 스이.

『던전 돼지 쪽도 맛있구나.』

『그러게. 그나저나 내장이 이렇게나 맛있을 줄은 몰랐어.』

『그래. 나도 이 정도일 거라곤 생각 못 했다.』

"내장은 말이지, 제대로 손질하면 맛있다고. 그 손질에 공을 들여야 하지만."

『맛있어!』

그런 느낌으로 우리는 숯불로 구운 곱창구이를 즐겼다.

참고로, 던전 소 곱창도 고소하고 촉촉하고 단맛이 도는 극상의 지방이 된장 양념과 어우러져 일품이었다.

그나저나, 뭉게뭉게 연기를 피워 올리면서 곱창구이를 즐기고 있다 보면 아무래도 사람 눈에 띄는 법이라……

연기와 냄새에 낚였는지, 길가에 면한 이 집을 힐끔힐끔 보고 가는 사람이 여럿.

물론 철책으로 둘러싸인 이곳에 억지로 들어오는 패거리가 있을 리 없었고, 우리는 느긋하게 곱창구이를 만끽했다. 그런데 그런 건 개의치 않는 녀석들이 나타났다.

『어이…….』

드라 짱이 아무래도 신경 쓰이는지 철책 쪽을 힐끔힐끔 보았다.

"아, 신경 쓰지 마. 무시해."

『그렇게 말한들 말이지. 저렇게나 빤히 쳐다보면 차분하게 먹을 수가 없다고.』

『저 음식에 대한 집념은 감탄스럽구나.』

페르에게 그런 말까지 하게 하다니, 무시무시하군.

슬쩍 철책 쪽으로 시선을 돌리자…….

철책에 매달려 군침을 흘리는 코흘리개 꼬맹이가 여럿.

어제 우연히 도와주었던 모험가 지망생 소년 소녀들을 필두로, 수를 더한 소년 소녀들이 우글우글 몰려들어 있었다.

"어째서 여기 있는 건데……."

그렇게 어이없어했지만, 여기서 우리가 곱창구이를 즐기고 있는 한 저 소년 소녀들은 물러나지 않을 것 같았다.

드라 짱이 말했던 대로, 이렇게나 응시를 당해서는 차분하게 맛있는 곱창구이를 만끽하지 못하리라는 것도 사실이었다.

"정말이지, 어쩔 수 없네."

나는 할 수 없이 철책 쪽으로 다가갔다.

"너희, 무슨 용건이지?"

어제 던전에서 만났던 고아원 파티의 리더 소년에게 말을 걸었다.

"아, 아저씨, 가 아니라 형."

너, 어제도 말했잖아.

나는 절대 아저씨가 아니야.

"그래서, 무슨 용건인데?"

"응. 형한테 좀 부탁할 게 있어서."

"부탁?"

"응. 실은······."

리더 소년인 루이스의 이야기에 따르면, 어제 스이에게 부탁해 만들어준 목제 배트, 그걸 고아원에 가지고 돌아갔더니 던전에 들어가는 다른 소년 소녀들이 그걸 보고 자신들도 "갖고 싶어!"라며 소동이 벌어졌다고 한다.

그래서 어떻게 구했는지 가르쳐달라며 여럿에게 압박을 받았고······.

"내 이야기를 했다는 건가."

"형, 미안해. 폐를 끼치면 안 된다고 몇 번이고 말했는데, 다들 말을 듣지를 않아."

그렇게 말하며 면목 없어 보이는 표정을 짓는 루이스.

뭐, 1계층이라고는 해도 던전에 들어가는 거니까.

자칫하면 험한 일을 당할지도 모르니, 더 좋은 무기를 원하는 것도 어쩔 수 없는 일이겠지.

"무슨 이야기인지는 이해했어. 그나저나, 내가 여기 있다는 걸 용케도 알았구나."

"조사했더니 금방 찾을 수 있었어. S랭크 테이머 모험가라고 엄청나게 소문이 돌고 있거든. 그보다, 형은 S랭크인 엄청난 모험가였더라! 전혀 그렇게는 안 보였는데!"

어이, 쓸데없는 말 덧붙이지 마.

확실히 S랭크 모험가로는 안 보일지도 모르지만 말이야.

"뭐, 됐어. 일단 너희, 안으로 들어와. 그렇게 철책에 딱 달라붙어 있으면 통행하는 사람들한테 민폐고, 차분하게 식사할 수가 없다고."

"그게, 형을 만나러 왔더니 엄청 좋은 냄새가 나잖아. 다들, 내 말이 맞지?"

루이스가 그렇게 말하자 주위에 있던 소년 소녀가 끄덕끄덕 고개를 끄덕였다.

"하아, 알았어, 알았어. 일단 다들 들어와."

나는 고아원 소년 소녀들을 철책 안쪽으로 맞아들였다.

그건 좋았지만…………

소년 소녀의 시선이 비비큐 그릴에 집중되었다.

엄청나게 번뜩이는 눈으로 응시하고 있다.

그런 눈으로 본들 방금 구운 곱창은 페르와 드라 짱과 스이에게 줘서, 그릴 위에는 아무것도 없다고.

뭐, 바로 구울 수 있는 상태이기는 하지만.

그나저나 모두 굶주린 맹수 같은 눈빛인걸.

먹게 해주는 건 상관없지만, 양이 충분하려나?

내장 손질에는 시간이 걸리니까 우리가 먹을 양만 준비해뒀는데.

……아, 좋은 생각이 났다.

손질을 이 녀석들에게 시키면 되잖아.

아직 내장은 많으니까, 먹여주는 대신에 도와달라고 하자.

"너희, 고기 먹고 싶어?"

그렇게 묻자 소년 소녀들이 고개를 위아래로 끄덕였다.

"먹게 해줄 수도 있기는 한데……."

그렇게 말한 순간 와 하는 환성이 일었고, 단숨에 비비큐 그릴 주변으로 배고픈 소년 소녀들이 몰려들었다.

"잠깐 기다려!!! 여기 주목. 우선은 내 이야기를 들어."

"형, 뭐야. 먹게 해주는 거 아니었어?"

루이스가 불만스러운 표정을 지으며 그렇게 말했다.

주변 소년 소녀들도 불만스러운 얼굴이다.

"어이 어이, 아무도 공짜로 먹게 해준다고는 말하지 않았어. 알 겠어? 먹여주는 대신에 먹고 나서 일을 도와줘야 해. 그래도 괜 찮다면 먹게 해줄게. 어때?"

"뭐야, 그런 거였어? 돈을 내라는 게 아니라면 좋아. 너희도 그 렇지?"

루이스가 모두에게 그렇게 묻자 "응"이라는 대답이 여기저기에서 들려왔다.

"좋아, 그럼 잠깐 기다려."

아이템 박스에서 포크와 접시를 꺼냈다.

소년 소녀는 총 스물한 명.

다행히 가지고 있는 것들로 충분했다.

"좋아, 이제부터 구울게."

다시 곱창을 비비큐 그릴에 올려 구웠다.

촤아아 하고 식욕을 돋우는 소리와 냄새가 퍼졌다.

『어이, 애송이 놈들 것만 굽지 말고 우리 것도 준비해라.』

페르가 불쑥 고개를 들이밀며 그렇게 말했다.

"우오옷, 커다란 늑대가 말했어!"

"대단하다! 말하는 늑대는 처음 봤어!"

"나도 처음 봐! 굉장해!"

사람 말을 하는 페르를 보고 놀라는 소년 소녀.

고아원 아이들은 펜리르에 관해 모르는 모양이다.

옛날이야기로 알고 있는 아이도 있을지 모르지만, 페르가 펜리르라고는 생각하지 못하겠지.

아이들이라서 그런지, 무서운 줄 모르고 페르에게 흥미를 보였다.

옆에 있는 드라 짱과 스이에게도 마찬가지였다.

"다 구워졌어."

그래도 식욕 쪽이 더 강했는지, 말하자마자 페르도 드라 짱도 스이도 뒷전으로 밀어두고 앞다투어 접시를 내미는 소년 소녀들.

그 기세에는 페르도 드라 짱도 스이도 넋이 나가고 말았다.

일단 배고픈 아이들의 접시에 곱창구이를 담아주고서 셋의 몫도 담았다.

『우리를 밀쳐내다니, 이 애송이 놈들 제법이구나.』

곱창을 먹으면서 페르가 그렇게 중얼거렸다.

당사자인 아이들로 말하자면, "이거 특이한 식감이지만 맛있다" 같은 말을 하면서 곱창을 깨끗하게 싹 먹어치웠다.

당연하게도 이 정도로 배가 찰 리 없었고, 계속해서 추가 곱창을 굽게 되었다.

곱창이 던전 돼지와 던전 소의 내장이라는 것을 알았을 때는 "엑, 그거 꽝이잖아"라든가 "물컹물컹해서 기분 나쁜 거" 같은 말을 하면서 놀랐지만, 맛만 있으면 그런 건 상관없는지 우걱우걱 먹었다.

식욕 왕성한 아이들 스물한 명과 페르와 드라 쨩과 스이가 정신없이 먹다 보면 당연히 준비한 곱창도 금세 떨어지는 법이라…….

"이런, 이제 없어. 그렇지만 지금부터 손질해서 먹기엔 시간이 걸리는데. 이건 어쩔 수 없군. 던전 돼지와 던전 소 고기를 내놓을까. 물론 평범한 걸로."

아이들에게 상위종은 지나치게 호사스럽다.

평범한 던전 돼지와 던전 소의 고기로도 아이들은 아주 신나 했지만.

좀처럼 먹을 수 없는 맛있는 고기라며 모두 하나같이 이렇게나? 싶을 만큼 배 속에 채워 넣었다.

정말이지, 조금은 사양할 줄도 알고.

◇ ◇ ◇ ◇ ◇

"후우~ 잘 먹었다."

만족스레 그런 말을 하며 배를 문지르는 루이스.

"배불러~."

"이렇게 고기를 먹은 건 처음이야. 행복해."

"맛있었어~."

배가 빵빵하게 부른 소년 소녀도 마찬가지로 만족스러워 보였다.

"좋아, 너희. 잠시 쉬고 나서 약속대로 일을 도와주는 거다?"

"""""""에이.""""""

맛있는 고기의 여운에 잠겨 있던 참에 내가 그리 말하자 아이
들은 조금 불만스러워했다.

"에이, 가 아니지. 그렇게 약속했잖아. 배부르게 먹었으면 그만
큼 일해."

그런 약속이었으니까, 이제 확실하게 일해줘야겠어.

"뭐, 어쩔 수 없지. 다들 그러기로 약속했잖아. 게다가 맛있는
고기를 배불리 먹여줬고."

루이스가 그렇게 말하자 아이들 사이에서 긍정하는 목소리가
차례차례 들려왔다.

"확실히 그렇지."

"뭐, 어쩔 수 없네."

"고기를 배불리 먹게 해줬으니까."

음하하하하, 무사히 일손을 확보했다.

대량으로 있는 내장 손질, 전부 해주실까.

그러면 요리할 때 바로 쓸 수 있으니 수고를 덜 수 있다.

자아, 그럼 시작해보자고.

"거기, 쉬지 말고 얼른 주물러."

"힘들어~."

"우는소리 하지 말고. 먹은 만큼 제대로 일하라고."

"우우."

현재, 빌린 집의 주방에서 아이들에게 내장 손질을 하도록 지휘 중이다.

특히 양이 많은 소장과 대장, 그러니까 창자 처리를 주로 맡기고 있는 상태였다.

큼직한 볼에 창자를 담고 밀가루를 넣고서 잘 주무른다.

그리고 물로 씻어낸다.

처음에는 "우오오, 물컹물컹해~"라든가 "뭔가 생긴 게 기분 나빠"라든가 그런 말을 하면서 시끄럽게 굴던 아이들도 몇 번이나 반복하자 역시 "힘들어"라며 투덜투덜 불만을 늘어놓게 되었다.

확실히 힘을 쓰는 일이니 지치겠지.

그러나 약속은 약속.

휴식 시간을 가져가며 제대로 일을 시켰다.

오늘 하루 만에 대량의 내장을 전부 처리하는 건 무리였지만, 대량으로 있던 내장 중에서도 가장 양이 많았던 창자 처리도 3분의 2 정도는 마무리되었다.

새삼스럽지만, 이걸 나 혼자 하려고 했다면 큰일이었을 거야.

역시 일손이 많으니까 일이 빠르네.

"아~ 지쳤다. 형도 사람을 험하게 부리네."

루이스가 그렇게 투덜거렸다.

루이스의 그 말에 다른 아이들도 말없이 고개를 끄덕였다.

다른 아이들도 녹초가 된 모양이었다.

"그, 뭐냐, 큰 도움이 됐어. 다들 고맙다. 그리고 열심히 해줬으니까, 여기. 따로 보수를 줄게."

아이들 앞에 던전 돼지의 고깃덩어리를 두 개 정도 툭 내려놓았다.

고아원에 몇 명이나 되는 아이들이 있는지는 모르지만, 한 사람 한 사람에게 스테이크는 무리더라도 고기가 듬뿍 들어간 수프나 볶음을 만들면 충분히 배가 부를 정도의 양은 될 터였다.

평범한 던전 돼지의 드롭 아이템 고깃덩어리라도 상당한 크기니까.

"""""우와아아아아!"""""

던전 돼지 고깃덩어리를 보자마자 녹초가 되어 있었을 터인 아이들이 단숨에 기운을 차렸다.

"형, 받아도 돼?!"

루이스가 흥분한 모습으로 그렇게 물었다.

"그럼. 다들 열심히 일해줬잖아."

그렇게 말하자 아이들 사이에서 환성이 일었다.

"그나저나, 어떻게 할래? 이거 제법 무거운데 가지고 갈 수 있겠어? 안 되겠으면 가져다줄게."

"그건 괜찮아. 야, 헤럴드. 두세 명 데리고 아저씨네 가게에서 판을 빌려와 줄래?"

"알았어."

루이스와 같은 고아원 파티 멤버인 헤럴드가 세 명을 이끌고 어딘가로 갔고, 잠시 후 나무판을 들고서 돌아왔다.

글쎄, 가끔 허드렛일을 하는 가게가 이 근처에 있는데 거기서 나무판을 빌려 왔다고 한다.

"좋아, 여기에 실으면 다 함께 옮길 수 있으니까 괜찮아."

과연.

이거라면 같이 들어서 옮길 수 있겠네.

아이들도 고아원에 가져갈 좋은 선물이 생겼다며 신나 했다.

조금 전까지 힘들다고 축 늘어져 있었으면서, 정말이지 계산적이네.

하지만 뭐, 그만큼 이제부터 할 일도 부탁하기 쉽다는 뜻이겠지.

"루이스, 물어보고 싶은 게 있는데. 아까 허드렛일을 하고 있다고 했잖아? 그거, 하루에 얼마나 받니?"

"응? 급료 말이야? 하루 하면 동화 일고여덟 닢 정도야. 낮지만, 우리한테는 현금을 구할 기회 같은 건 좀처럼 없으니까 감사한 일이지."

그래, 그렇구나. 좋은 이야기를 들었는걸.

더더욱 부탁하기 쉽고, 이거라면 받아들여 줄 것 같아.

"그렇구나. 그래서, 상담하고 싶은 게 좀 있는데 말이야. 실은 있지, 아직 내장이 더 남았거든. 내일도 이 일을 해준다면, 한 사람당 은화 한 닢씩 줄 건데, 하지 않을래? 물론 식사도 제공할 거야."

"형, 그거 진짜야?! 할래, 할래! 꼭 할래!"

"어이 어이, 다 같이 의논해야 하는 거 아냐?"

"아차. 하지만 다들 하겠다고 할걸? 잠깐만 기다려봐."

루이스가 다른 아이들에게 이야기를 전달했다.

"당연히 하지!"

"은화 한 닢에 밥이라니! 할래!"

"또 맛있는 밥을 먹을 수 있는 거잖아? 하는 게 당연하잖아!"

"절대 반드시 할래! 은화 한 닢에 밥까지 먹을 수 있는걸!"

루이스에게 이야기를 들은 아이들도 매우 솔깃해하며 "할래 할래" 하고 대합창을 했다.

"형, 들었겠지만 만장일치로 그 일을 하기로 정해졌어."

"그렇구나. 잘됐네. 그럼, 다들 내일도 잘 부탁해."

그렇게 말하자 아이들은 기운차게 대답했다.

"응!"

"내일 또 올게."

"알았어!"

"내일도 맛있는 밥 기대할게!"

그리고 시끌벅적 기운차게 수다를 떨면서 고아원으로 돌아가는 아이들.

물론, 선물인 던전 돼지 고깃덩어리도 잊지 않았다.

"앗, 잠깐 기다려! 곤봉은 어떡할래?"

나는 아이들이 돌아가는 모습을 지켜보다가 아이들이 여기에 온 목적을 떠올렸다.

"앗, 그렇지!"

아이들도 고깃덩어리에 신이 난 나머지 완전히 잊고 있었나 보다.

되돌아온 아이들에게 곤봉(그저 단단한 장작이지만)을 받아서 스이에게 부탁했다.

"스이, 이걸 어제랑 똑같은 느낌으로 만들어줄 수 있을까?"

『응, 알았어.』

스이에게 곤봉을 건네자, 얼마 걸리지 않아 차례차례 배트로 만들어주었다.

그것을 아이들에게 돌려주었더니 "우와, 대단해"라며 몹시 감동했다.

모두 곧바로 휙휙 휘두르며 사용감을 확인했다.

"그럼 다시 한번, 모두 내일 잘 부탁한다."

"""""""응!"""""""

아이들은 선물인 던전 돼지 고깃덩어리와 목제 배트를 신이 나서 가지고 돌아갔다.

아마도 내일이면 대량의 내장 손질도 전부 끝날 터.

그러면 곱창구이는 물론이고, 곱창전골이나 조림 같은 다양한 음식을 바로 만들 수 있겠지.

기대되는걸.

다음에 먹을 내장 요리는 마무리도 맛있는 그걸로 할까.

◇ ◇ ◇ ◇ ◇

일찌감치 아침 식사도 끝내고, 아이들이 오기를 기다리고 있으려니……

"형, 우리 왔어~."

"그래, 어서…… 와? 어라? 잠깐 잠깐. 인원수가 많은 거 아냐?"

줄줄이 들어오는 아이들은 명백하게 어제보다 많았다.

"아니, 그게 말이지……."

힐끔힐끔 나를 보면서 겸연쩍은 듯 말을 꺼내는 루이스.

이야기를 들어보니, 요컨대 어제와 같은 패턴이었다.

던전 돼지 고깃덩어리를 가지고 돌아가자 그것을 본 아이들이 "어디서 구했어?" 하고 물었고, 수다쟁이 아이들의 입에서는 곱창구이를 먹은 것과 내장 손질 이야기가 나왔다.

당연히 화제가 되었고, 내장 손질 일을 하면 은화 한 닢을 받는 데다 맛있는 밥도 먹을 수 있다고 하니……

"그래서 인원이 이렇게 된 거구나. 뭐, 일손이 많은 만큼 일이 빠르게 끝날 테니 상관없지만."

"그게, 오늘 일이 없는 애들 대부분이 와버렸어."

아이들 집단을 보니, 아마도 어제의 배는 될 듯했다.

"그리고 이유는 잘 모르겠지만, 특히 장래 요리사가 돼서 포장마차나 식당을 하고 싶다는 녀석들이 꼭 갈 거라며 벼르잖아."

"이유는 잘 모르겠지만, 이라니. 그야 당연히 내장 손질 방법을 알고 싶어서겠지."

어제 일을 이야기했다면 그것밖에 없을 터다.

"응? 어째서?"

"너 말이야, 어제 먹고 어땠어?"

"엄청 맛있었어!"

어제 먹은 곱창구이를 떠올렸는지 "입안에서 쫘아악 하고" 같은 말을 하는 루이스.

"그렇지? 그래서, 그 고기는 뭐라고 했지?"

"…………앗! 그렇구나. 그거 '꽝'이었지!"

겨우 루이스도 깨달은 모양이었다.

내장이 이곳 던전의 '꽝'이고, 대부분의 모험가는 그 자리에 버려두고 가는 부위라는 것을.

던전 돼지든 던전 소든, 드롭 아이템 하나도 양이 상당하다.

아는 모험가에게 부탁하거나 해서 내장을 하나라도 가지고 돌아오게 하고, 그것을 싸게 넘겨받으면 충분히 가게를 꾸려나갈 수 있지 않을까?

지금까지는 그 생김새와 손질이 충분하지 않아서 맛없다고 여겨지던 것을 맛있게 먹을 수 있는 방법이 있다고 한다면, 요리사를 목표로 하는 사람이라면 배우고 싶다고 바라는 것은 당연한 이야기였다.

"그래도 괜찮겠어? 형. 그런 건 비밀로 해두는 거 아니야? 식당 같은 데서도 비전의 어쩌고 하면서 좀처럼 가르쳐주지 않는다고 들었는데."

"으음, 뭐 그렇지. 내가 만약 여기서 식당을 열겠습니다 하는 상황이 된다면 달랐을지도 모르지만, 현재 그럴 마음은 없으니까. 맛있는 걸 먹을 수 있게 되는 건 좋은 일이기도 하고."

"그렇구나. 형, 고마워."

"뭐, 일은 제대로 시킬 거니까. ……그보다, 아까부터 신경 쓰였는데. 이런 어린아이까지 데려와서 어쩔 셈인데?"

내 시선 끝에는 연상인 아이와 손을 맞잡은 다섯 살 정도의 유아가 있었다.

그것도 대충 세어봐도 여섯 명은 되었다.

토끼 귀의 수인 남자아이 하나와 강아지 귀와 고양이 귀의 수인 여자아이 둘, 인간 남자아이 둘에 여자아이 하나였다.

어느 아이나 당연하게도 무얼 위해 여기에 왔는지도 무얼 하는지도 모를 테지만, 언니 오빠가 손을 잡아주어 좋은지 방긋방긋 웃고 있었다.

"그게, 따라오겠다며 말을 안 듣잖아. 두고 오려고 했더니 울어서……."

이 유아들에게는 루이스도 쩔쩔매는 모양이었다.

시끄럽게 울어대서 어쩔 수 없이 데려왔나 보다.

"음, 뭐, 이미 데려온 거니까 어쩔 수 없지."

"형, 진짜 미안해."

◇　◇　◇　◇　◇

『어이, 어째서 내가 애송이 놈들을 돌봐야 하는 거냐?』

"페르만이 아니야. 드라 짱이랑 스이한테도 부탁했어."

『나는 어린애가 싫거든. 페르가 중심이고, 나는 어디까지나 거드는 역할이야.』

『스이는 있지, 모두랑 같이 놀아줄 거야.』

유아들 옆에서 스이가 뽕뽕 뛰어올랐다.

그 모습을 본 유아들은 꺅꺅 신나 했다.

"늑대니임~."

인간 여자아이 플로라가 페르에게 매달렸다.

"앗, 치사해. 나도."

고양이 귀 수인 여자아이 데비도 그 뒤를 따랐다.

그러자 남은 아이들도 "나도" "나도" 하며 페르에게 매달렸다.

『어, 어잇, 애송이 놈들, 놔랏!』

아이들이 몰려들어 털에 파묻히자 당황하는 페르의 모습에 살짝 웃음이 나왔다.

"날씨도 좋으니까, 아이들을 정원에서 놀게 하면서 보살펴줘. 다들 페르를 따르는 것 같으니까, 잘 부탁해."

『자, 잠깐 기다려라!』

"그럼 부탁할게. 아, 다치지 않게 조심하고. 그리고 부지 밖으로 나가지 못하도록도 해야 해. 드라 짱과 스이도 페르랑 같이 아이들을 잘 살펴줘. 밤에는 맛있는 걸 만들어줄 테니까."

『정말이지 어쩔 수 없다니까.』

『만세! 스이 열심히 할게!』

『네 이놈, 기억해둬라!』

페르가 무슨 말을 하고 있지만, 안 들려 안 들려.

"저, 저기, 형. 괜찮을까?"

"괜찮아, 괜찮아. 페르도 드라 짱도 스이도 의지할 수 있는 녀석들이니까. 그보다, 어제 했던 일을 계속해야지? 오늘 중으로 내장 손질을 다 끝내고 싶으니까 다들 열심히 해줘!"

연장자인 아이들에게는 어제에 이어서 내장 손질을 부탁했다.

남은 창자 처리와 간, 염통, 벌집위 등도 부탁했다.

이번에 간은 가지고 있던 소금과 식초를 써서 손질하려고 한다.

소금과 식초를 넣고 주무른 다음 10분에서 15분 정도 뒀다가 물이 투명해질 때까지 물을 갈아가며 씻어주면 오케이다.

우유에 절여두는 방법도 있지만, 소금과 식초로도 가능하다는 것을 안 다음부터는 가지고 있는 우유가 없을 때 이 방법을 쓰고 있다.

혹은 서둘러 손질을 하고 싶을 때도. 이 방법이 약간이나마 시간을 단축할 수 있다.

염통은 칼집을 넣어서 핏덩어리 등을 제거하고 물로 씻고, 소금물에 넣어 주물러 빤 다음 찬물로 헹궈둔다.

벌집위는 내장 중에서도 가장 손질이 성가시다고 하는데, 그 부분은 노력해주기를 부탁했다.

온도가 다른 데운 물에 담가서 검은 부분을 벗겨내기 쉽게 만든 다음, 숟가락으로 검은 막을 긁어낸다.

끈기가 필요한 작업인데, 이 과정을 거치지 않으면 냄새가 나서 먹을 수가 없다.

검은 막을 벗겨낸 벌집위 손질은 삶아서 물을 따라내는 등 여러 가지로 시간이 걸리는 작업인지라, 이건 내가 담당하기로 했다.

그사이에 아이들은 다소 불만을 늘어놓으면서도 착착 내장 손질을 해주었다.

그중에서도 요리사를 지망하는 아이들은 "과연, 이렇게 하면 냄새가 빠지는 건가" 같은 말을 중얼거리면서 열심히 작업했다.

나한테도 이것저것 물었다.

뭐, 나도 아는 범위 내에서 이것저것 가르쳐주었다.

그런 느낌으로 작업은 진행되었고…….

"좋아, 끝이야. 다들 고생했어."

내가 그렇게 말하자 아이들 사이에서 환성이 일었다.

일손이 많기도 해서인지 생각보다 일찌감치 작업은 종료되었다.

"그럼, 약속했던 밥을 먹을까? 인원이 많으니까 정원에서 먹자."

그렇게 말하자 아이들 사이에서 다시 환성이.

그리고 기쁨에 넘쳐서 정원으로 뛰쳐나가는 아이들.

그 뒤를 따라 정원으로 나가자, 정원에서 놀고 있었을 터인 유아들이 놀다 지쳐서 페르에게 기대어 곤히 자고 있었다.

스이도 유아들 사이에 섞여서 깊게 잠들어 있었다.

『너, 드디어 왔군…….』

페르가 어쩐지 지친 표정을 짓고 있는데?

『이 애송이 놈들 좀 어떻게 해라. 내 털을 잡아당기질 않나 올라타려고 하질 않나, 이 녀석들은 마물 따위보다 훨씬 상대하기 어렵다.』

아…… 어린 만큼 무서운 줄 모르고 제멋대로 굴었구나.

고생 많으셨습니다.

하지만 덕분에 이쪽은 일이 순조로웠어.

루이스를 비롯한 아이들에게 말해서 페르에게 기대어 잠든 유아들을 깨우게 했다.

약간 잠투정을 하는 아이도 있었지만, 맛있는 걸 먹을 거라고 하자 반짝 눈을 떴다.

『후우, 이제야 살겠군…….』

"고생했어. 이제부터 밥을 먹을 건데, 페르도 좋아하는 튀김이니까 잔뜩 먹고 기운 내도록 해."

『그래. 맛있는 밥을 먹고 기력을 보충하지 않으면 못 버티겠다.』

그 후에는 다 함께 튀김 파티를 벌였다.

어젯밤에 던전에서 구한 코카트리스 고기를 써서 대량으로 만들어두었다.

간장 베이스 양념으로 버무린 정통적인 튀김과 소금 베이스 양념으로 버무린 소금 튀김.

아이들한테는 양쪽 다 인기였고, 순식간에 사라져갔다.

페르도 드라 짱도 스이도 지지 않고 우걱우걱 먹고 있었다.

"튀김 맛있니?"

아이들에게 묻자 모두 입안 가득 튀김을 넣고서 *끄덕끄덕* 고개를 끄덕였다.

"아직 많이 있으니까 천천히들 먹어."

그렇게 말했지만, 모두 앞다투어 먹어댔다.

"아, 깜빡했다! 이거, 형한테 주래."

루이스가 튀김을 먹으면서 생각났다는 듯이 품에서 종이를 꺼
냈다.

"그게 뭔데?"

"원장 선생님한테 받아 온 거야. 형한테 주라고 했어."

편지를 읽어보니, 원장 선생님이 보낸 감사 편지였다.

정성스럽게 감사의 뜻을 적은 편지에 약간 쑥스러워졌다.

그저 고기를 들려 보냈을 뿐인데.

안에는 직접 만나서 인사를 하지 못하는 것이 죄송스럽다는 내
용도 적혀 있었다.

글쎄, 일을 도와주러 오던 사람이 그만두는 바람에 지금은 원
장 선생님과 수녀님 둘이서 겨우겨우 고아원을 운영해나가는 상
황이라 매우 바쁘다고 한다.

루이스의 이야기대로라면 아이들은 60명 전후는 되는 모양이
었고, 그중에는 젖먹이도 있다고 하니 정말로 힘들겠다 싶었다.

이 도시에 있는 동안에 기부라도 조금 하기로 할까?

어디에 쓰이는지 모를 기부라면 싫지만, 아이들을 위해서라면
아깝지 않으니 말이다.

"하아~ 맛있었어."

"맛있었지?"

"더는 못 먹어."

배를 문지르며 만족스럽게 제각기 그렇게 말하는 아이들.

역시 튀김은 실패가 없다니까. 대량으로 만들어둔 게 정답이었어.

"스승님, 이 '튀김'을 만드는 법도 배우고 싶습니다만, 그보다도 아까 그 내장을 어떻게 조리하는지 꼭 좀 가르쳐주십시오."

·········스승님이라니, 나는 네 스승님이 된 적이 없는데.

"그렇습니다. 스승님. 부디 내장을 조리하는 방법을 저희에게 가르쳐주세요!"

저기, 그러니까 말이지, 나는 네 스승님도 된 적이 없는데.

약삭빠르게 나를 스승님이라고 부르는 이 두 사람은 요리사를 지망하는 아이들 중에서도 유난히 열심히 내게 질문을 많이 했던 메이너드와 엔조였다.

"스승님, 제발 부탁드립니다."

"제발!"

압박해 오는 메이너드와 엔조.

"아, 알았어, 알았어. 하지만 오늘은 이미 늦었으니까 다음에."

"다음이 언제입니까?"

"내일입니까?"

""정확하게 정해주세요!""

뭐가 어떻게 된 건지 모르겠지만, 두 사람의 기백은 엄청났다.

"아, 그래, 내일. 내일 아침, 오늘 왔던 시간 정도로."

메이너드와 엔조의 기백에 눌려서 무심코 그렇게 말해버리고 만 나.

방긋 웃은 메이너드와 엔조가 "그럼 내일 뵙겠습니다"라고 인사했다.

하아, 아무래도 내일은 두 사람에게 내장 요리를 가르쳐줘야만 할 모양이네.

아, 품삯인 은화 한 닢은 돌아갈 때 각자에게 제대로 주었다.

모두 기뻐하며 은화 한 닢을 손에 꼭 쥐었다.

"스승님, 잘 부탁드립니다!"

"스승님, 약속대로 내장 조리 방법을 가르쳐주십시오!"

"저기 말이지, 두 사람 모두 너무 일찍 왔잖아. 그리고 있지, 그 스승님이라는 거 하지 말아줄래? 애초에 너희와는 어제 처음 만난 사이거든?"

"아뇨, 스승님은 스승님이시니까요."

"그렇습니다. 스승님."

"아니 저기, 하아~……."

무슨 말을 해도 '스승님'이라는 호칭을 고쳐줄 것 같지 않은 메이너드와 엔조의 모습에 나는 포기하며 한숨을 내쉬었다.

어제, 기세에 떠밀려 메이너드와 엔조에게 내장 요리를 가르쳐 주기로 하기는 했지만, 약속했던 것보다 훨씬 이른 시간에 두 사람은 돌격해 왔다.

아침을 먹고서 느긋한 시간을 보내려던 참이었는데.

"스승님, 어서 내장 요리법을 가르쳐주세요."

"맞아요. 우리한테는 중요한 일이라고요."

"하아, 알았어. 알았어. 일단 따라와."

나는 할 수 없이 메이너드와 엔조를 주방으로 안내했다.

"곱창, 내장 조리법이라고 해도 그렇게 특별한 건 없어. 가장 중요한 건 어제 두 사람도 했었던 손질 과정이거든. 그 손질을 제대로 하기만 하면, 냄새도 없고 굽든 끓이든 다 맛있어."

""과연.""

"특히 내장 중에서도 많았던 곱창……, 이거 말이야."

그렇게 말하면서 나는 어제 모두가 손질해준 곱창을 아이템 박스에서 꺼내서 두 사람에게 보여주었다.

"이거 같은 경우엔 숭덩숭덩 잘라서 평범하게 소금 후추를 뿌려 구워도 맛있고, 양념에 재워서 구워도 맛있어. 요컨대 이 마을 포장마차에서 파는 던전 돼지나 던전 소 고기와 마찬가지야. 그게 던전 돼지나 던전 소 내장으로 바뀌었을 뿐이지."

"과연. 그렇다는 건, 꼬치구이로도 만들 수 있다는 건가요?"

"물론."

그렇게 말하자 어째선지 메이너드와 엔조가 얼굴을 마주 보며 씨익 웃었다.

"어이, 엔조. 이건 되겠어!"

"그래. 우리한테는 둘이서 시행착오를 해가며 만든 궁극의 양념이 있으니까."

미식의 성지라고도 하는 로센달에서 요리사를 지망하고 있는 만큼, 두 사람은 이미 독자적인 양념을 개발한 모양이었다.

"굽는 건 그런 느낌으로 이해했다고 보고, 끓이는 쪽은 어떻게 할래? 만들어보는 편이 나을까?"

"부디!"

"꼭 부탁드립니다!"

두 사람 모두 우선은 포장마차부터 시작할 예정이라서인지, 조림이라도 포장마차에서 내놓을 만한 것이라면 생각할 여지가 있으니 알고 싶다고 했다.

"뭐, 이쪽도 이것저것 있기는 한데……."

전골은 포장마차에서 내놓기에는 적당하지 않을 테고, 조림은 간장이나 된장이 필요해진단 말이지.

간장과 된장을 구하지 못하는 이상 가르쳐줄 수가 없다.

그렇게 되면, 이탈리아풍 벌집위 토마토 스튜가 제일 무난하려나.

이 요리라면 이곳에서 구할 수 있는 재료들로도 어찌어찌 가능할 것 같으니까.

"그럼, 이제 토마토 스튜를 만들 거야."

"좋아, 손질은 이런 느낌이면 되려나."

벌집위와 곱창을 적당한 크기로 자르고, 끓는 물에 넣어 데치는 과정을 두 번 정도 반복한 다음 물로 헹군다.

던전 돼지의 곱창을 써도 맛있을 테지만, 이탈리아풍 벌집위 토마토 스튜이니만큼 오늘은 던전 소의 내장인 벌집위와 곱창을 쓰기로 했다.

"바로 쓸 수 있는 거라고 생각했는데, 내장 요리는 손이 많이 가는군요."

내 지시에 따라 삶아 헹구는 작업을 하던 메이너드가 그렇게 말했다.

"앞서서 밀가루와 소금을 쓴 작업을 했으니까, 그걸 바로 쓸 거라고 생각했어요."

엔조도 뒤를 이었다.

"그렇지. 굽는 거라면 어제 손질한 것만으로도 문제없지만, 푹 끓이려면 이 '삶고 헹구는' 작업을 해주는 편이 좋아. 떫은맛이나 점액 등이 제거돼서 훨씬 맛있어지거든."

""과연~.""

메이너드도 엔조도 조리 방법을 확실하게 배우려는 듯 진지한 눈을 했다.

"재료도 준비됐으니 바로 만들자."

두 사람이 내장을 삶아 헹구는 작업을 하는 사이에 인터넷 슈퍼에서 재료 구매를 마쳤다.

"그럼 여기서부터는 각자 나눠서 작업하자. 메이너드는 토마토 조림을 만들어주고······."

원래대로라면 간단하게 통조림을 쓰겠지만, 그럴 수 없으니까 하나부터 다 만들기로 했다.

뭐, 토마토 조림이라면 뜨거운 물에 데쳐서 껍질을 벗기고 물과 소금을 넣은 다음 거품을 걷어가며 바짝 끓여주면 완성이니까.

"엔조는 채소류를 잘라줘."

양파, 당근, 셀러리를 5밀리미터 정도로 네모나게 썰고 마늘은 잘게 다지면 된다.

보글보글보글──.

다다다다다──.

메이너드도 엔조도 요리사를 목표로 하는 만큼 제법 솜씨가 있었다.

"좋아. 토마토 조림도 완성됐고, 채소도 다 잘랐네. 그럼 다음으로 가자. 우선은 냄비에 올리브 오일을 두르고 다진 마늘을 넣어 약불로 볶아줘."

황금색 올리브 오일 안에서 다진 마늘이 천천히 익어간다.

"이런 느낌으로 마늘, 내 고향에서는 가리케를 마늘이라고 하는데, 그 냄새가 나기 시작하면 아까 엔조가 잘라둔 채소랑……이거, 로리에 잎을 한 장 넣고 볶는 거야."

이쪽 세계에도 건조 허브류는 나름대로 있고, 로리에도 비교적 구하기 쉬우니 괜찮으리라.

"이런 느낌으로 양파……가 아니라 오네온이 반투명해지면 곱창을 넣고 빠르게 볶아. 다음은 메이너드가 만든 토마토 조림과 말린 고기를 우린 물, 그리고 히요콩 조림을 더해서 부글부글 끓이는 거야."

원래대로라면 콩소메 가루를 쓰고 싶은 바이지만, 아무래도 이 두 사람 앞에서 그럴 수는 없으니 전에 사서 아이템 박스 안에 넣어두었던 말린 고기를 물에 우리고, 그 우린 물을 쓰기로 했다.

히요콩 조림은, 인터넷 슈퍼에서 산 삶은 병아리콩이다.

병아리콩 통조림을 사서 그걸 미리 접시에 옮겨 담아두었다.

이쪽 세계에도 히요콩이라고 하는 병아리콩과 똑 닮은 콩이 있으니 문제없을 터다.

흰 강낭콩이나 대두 조림이어도 상관없지만, 이쪽 세계에서 콩이라고 하면 이 히요콩이니, 그것과 비슷한 병아리콩으로 해보았다.

"이제 곱창이 부드러워지면, 마지막에 소금 후추로 간을 맞추고 완성이야. 의외로 간단하지?"

진지하게 요리 과정을 지켜보던 두 사람에게 말을 걸자, 둘 모두 고개를 끄덕였다.

"이 내장 요리라는 건, 얼마나 제대로 내장 손질을 하는가에 달린 거로군요. 스승님."

"바로 그거야. 메이너드."

"솔직히 밀가루와 소금이 아깝다고 생각했었는데, 맛있게 먹기 위한 일이었군요."

"그래. 그렇게 말은 해도, 밀가루도 소금도 그다지 대량으로 쓰지는 않았다고 보는데. 엔조도 어제 작업으로 대략적인 양은 기억했지?"

"네."

엔조는 내 말에 무언가 골똘히 생각하듯 "그 커다란 드롭 아이템 하나에 대해 밀가루가 중간 컵으로……" 등등을 중얼거렸다.

"확실히 생각해보니 대량이라고 할 정도는 아니네요."

메이너드의 이야기로는, 밀가루와 소금은 고아원에 원조로 충분하고도 남을 양이 지급되고 있다고 한다.

그것도 이 지방이 밀의 일대 산지이기도 하며, 암염의 산출지이기도 하기에 가능한 일일 터다.

실제로 이 마을은 고기 던전이 있는 덕분에 고기로 유명하지만, 주변 농촌에서는 밀이 많이 재배되고 있다고 한다.

듣고 보니 이 도시에 오기까지 밀밭을 꽤 본 것 같네.

이러저러하는 사이에…….

"오, 이제 슬슬 다 된 것 같은데. 다음은 소금 후추로 간을 하면…… 자, 완성."

"꿀꺽, 이건 건더기가 많아서 맛있어 보이네요."

"냄새도 맛있을 것 같아요."

"아, 후추는 비싸니까 없으면 없는 대로도 괜찮을 거야. 그리고 말린 바질을 넣어도 꽤 맛있어. 뭐, 그 부분은 임기응변으로 이것저것 시험해보도록 해. 그럼 일단 시식할까."

메이너드와 엔조, 그리고 내 몫을 접시에 나눠 담으려고 하는데…….

어느샌가 와 있었다. 우리 먹보들이.

"아, 너희도 먹겠다는 거지?"

『당연하다.』

페르와 드라 짱과 스이의 갑작스러운 등장에 메이너드와 엔조는 무척이나 겁을 먹었다.

내 사역마들이니까 괜찮다고 설명했더니 쭈뼛거리면서도 침착함을 되찾았지만.

"너희가 배부르게 먹을 만큼 만들지는 않았으니까, 정말로 맛보기 정도야."

그렇게 말하며 페르와 드라 짱과 스이에게도 나누어주었다.

『뭐냐. 정말로 적구나.』

『맛보기 정도라니까 어쩔 수 없지. 맛있으면 더 만들어달라고 하자고.』

『아주 조금이네.』

역시 셋에게는 너무 적은가 보다.

"그러니까, 맛보기 정도라고 말했잖아……."

불만을 말하면서도 셋은 벌집위 토마토 스튜를 먹었다.

"자, 메이너드랑 엔조도 먹어봐."

두 사람은 고개를 끄덕이더니 곱창이 들어간 토마토 스튜를 숟가락으로 떠서 입에 넣었다.

그리고 찬찬히 맛보는 둘.

"맛있어…… 누린내가 조금은 나지 않을까 생각했는데, 그런 건 전혀 없고 아주 먹기 편하네요! 게다가 내장에 간간하게 맛이 배서 계속 손이 가는 맛이에요!"

"내장이라고 하면 독특한 맛이지 않을까 싶었는데 이건 깔끔하네요. 아주 맛있어요! 토마토의 산미와 어우러져서 술술 들어가요. 게다가 이 요리는 건더기가 많아서 든든하고, 빵이랑도 아주 잘 어울릴 것 같아요."

맛있다 맛있다 하며 두 사람은 접시에 담긴 벌집위 토마토 스튜를 싹싹 비웠다.

"후후후후후후, 엔조. 이걸로 우리는 이겼어."

"후후후후후후, 그래. 메이너드. 이걸로 우리는 이겼어."

""후후후후후후.""

어? 뭐지?

갑자기 메이너드와 엔조가 이상해졌다.

"우리의 궁극의 양념을 쓴 구이와 조림…… 완벽해!"

"맞아. 이거라면 상위를 노릴 수 있어!"

…………무슨 얘기지?

"저기, 아까부터 무슨 얘기를 하는 거야?"

"아, 스승님. 죄송합니다. 저희끼리만 불타올랐네요."

"하지만, 스승님 덕분에 저희도 희망을 품게 되었습니다. 고기 던전 축제에서 상위를 노릴 수 있을 것 같습니다!"

"고기 던전 축제?"

메이너드와 엔조에게 이야기를 들어보니 고기 던전 축제라는 것은 이 마을의 활성화를 목적으로 8년 정도 전부터 1년에 한 번 개최되는 축제로, 고기 던전의 고기를 모두에게 맛보게 한다는 취지라고 한다.

개최는 사흘간. 그 기간 중에는 고기 던전산 고기를 쓴 음식을 파는 포장마차가 길을 가득 메운다는 모양이다.

올해의 고기 던전 축제는 열흘 후부터고, 매장을 가진 유명한 곳도 이때만은 포장마차를 낸다는 이야기를 듣게 됐다.

"해마다 늘어서, 작년 같은 경우엔 100개에 가까운 포장마차가 출점했었어요!"

"맞아 맞아. 그리고 이 축제 덕분에 우리 같은 사람이나 신장개업한 가게에도 기회가 생겨요!"

이 두 사람에게 고기 던전 축제는 커다란 이벤트인지 이야기하는 동안에 점점 흥분하기 시작했다.

무려 이 축제 기간에 한해서는 상인 길드에 신청만 하면 누구라도 가게를 낼 수 있는지, 두 사람도 포장마차를 출점할 예정이라고 한다.

"원래대로라면 상인 길드에 등록하지 않고 장사 같은 건 불가능하지만, 고기 던전 축제 기간만은 특별이에요. 요리사를 목표로 수련하는 우리 같은 아이들도 실력을 시험해보려고 꽤 참가해요."

그러한 아이들은 서로 돈을 모아 가게를 낸다고 한다.

"고기 던전 축제의 메인이벤트는 마지막 날에 있는 표창식이에요. 손님의 투표로 정해진 맛있는 포장마차가 5위까지 발표되거든요!"

엔조가 흥분한 기색으로 그렇게 말했다.

"맞아요. 그리고 상위 5위 안에 들어간 가게는 다음 날부터 인기 있는 가게가 돼요! 재작년 4위에 올랐던 마크스 씨네 포장마차 같은 경우엔 독립한 지 얼마 안 됐었는데 순식간에 인기 가게가 되었다니까요!"

메이너드도 흥분한 기색으로 그렇게 말했다.

과연.

유명한 가게의 직영이라든가, 점포가 없이 포장마차뿐인 가게라든가, 독립한 지 얼마 안 된 포장마차라든가, 그러한 것에 관계없이 상위 5위 안에 들어가면 기회가 생긴다는 건가.

꽤 희망이 넘치는 이야기인걸.

"우리는 아직 독립이라든가 그런 걸 한 건 아니지만, 여기서 혹시 상위에 들 수 있으면 유명한 가게에 고용되는 것도 가능해지거든요. 게다가 경우에 따라서는 가게를 맡겨줄 가능성도 있다고 들었어요."

확실히 타이틀이 생기면 마음대로 골라잡을 수 있을지도 모르겠네.

그나저나…….

"재미있는 이야기를 들었는걸. 저기, 그거 아직 신청 접수 중이야?"

""엑!""

"스, 스승님, 혹시, 가게를 낼 생각이신가요?"

"뭐야? 안 된다고 하려는 거야?"

"아, 아니, 그런 건 아닌데요……."

어째선지 메이너드도 엔조도 곤란한 얼굴을 했다.

"고기 던전 축제에 관한 건 잠자코 있을 걸 그랬어……."

"강력한 경쟁자가……."

두 사람이 소곤소곤 그런 말을 했다.

"뭐야. 그런 걸 걱정한 거야? 내장 요리는 낼 마음 없으니까, 너희 쪽이 시선을 끌지 않을까? 그도 그럴 게, 내장 같은 걸 내놓는 가게는 달리 없을 테니까."

""확실히…….""

"아! 엔조, 게다가 자리가 있잖아. 자리. 신청은 축제 일주일 전까지 받는데, 자리는 신청순으로 정해지니까 지금 신청한다고 해도 좋은 곳은 남아 있지 않을 거야."

"앗, 그렇구나. 이제 남은 곳은 끄트머리에 있는 별로 안 좋은 자리잖아. 그렇다면, 아무리 스승님이라도 고전할지도."

"뭐, 그저 재미로 출점하는 나를 경계하기보다는 본인들이 해야 할 일을 제대로 하는 편이 좋을 거야. 상위를 노리는 거잖아? 내장 요리를 낼 셈이라면, 그 내장을 어떻게 입수할까 같은 것부터 제대로 생각해둬."

내게 그런 말을 듣고서야 비로소 "그렇지!" 하고 깨닫는 두 사람.

내장 요리법을 알아내는 것만으로 머리가 꽉 차서 입수 방법까지는 생각하지 못했던 모양이다.

그러나, 바로 퍼뜩 깨달은 얼굴을 한 두 사람은 나를 빤히 바라보았다.

그리고는 손을 살살 비비며 애교스러운 목소리로⋯⋯.

""스승님~.""

"뭐, 뭐야?"

""내장 주세요!""

이 녀석들 점점 거리낌이 없어지네.

딱히 주는 건 상관없지만, 기왕이면 일을 또 시켜볼까.

"줄 수는 있지만, 내가 고기 던전 축제에 낼 요리의 밑 준비를 돕도록 해. 그러면 드롭 아이템인 내장을⋯⋯ 그래, 네 개 줄게."

내가 그렇게 말하자 메이너드와 엔조가 거래를 해 왔다.

"스승님, 어떻게 다섯 개로 안 될까요?"

"그리고 돕는 건 고기 던전 축제 개최 사흘 전 딱 하루인 걸로요. 전날과 전전날은 저희도 준비를 해야 하니까, 그 부분은 양보할 수 없어요."

드롭 아이템 내장 다섯 개는 딱히 상관없지만, 사흘 전 하루만 일을 거들어주겠다라.

나는 시간 정지 아이템 박스를 갖고 있으니까, 준비해둔 게 상할 염려도 없고…… 응, 전혀 문제없겠네.

"좋아. 계약 성립이야."

나는 메이너드와 엔조와 굳은 악수를 나누었다.

『어이, 이야기는 끝난 거냐?』

"응? 페르. 무슨 일이야?"

『이거, 꽤 맛있었다. 더 먹을 거니까 또 만들어라.』

『나도 먹고 싶어.』

『스이도 이거 더 먹고 싶은데~.』

…………예엡.

페르와 드라 짱과 스이의 요청을 받아 메이너드와 엔조가 돌아간 다음에 이탈리아풍 벌집위 토마토 스튜를 대량으로 만들었다.

드디어 내일부터 고기 던전 축제가 시작된다.

참가 신청도 메이너드와 엔조에게 이야기를 들은 다음 날 마쳤다.

아이언 랭크라고는 해도 상인 길드의 길드 카드를 갖고 있기 때문에 참가 비용인 은화 세 닢을 내는 것만으로 간단히 신청은 끝났다.

길드 카드가 없는 경우엔 신청서에 이것저것 적을 필요가 있는 듯했다.

신청을 마친 후엔 딱히 할 일도 없었기 때문에 고기 던전에 들어가거나 했다.

페르와 드라 짱과 스이가 심심하다며 졸라대는 바람에 세 번이나 고기 던전에 들어가는 꼴이 되고 말았다고.

게다가 들어갈 때마다 대량의 고깃덩어리가 생겼다.

터무니없는 양이라 어떻게 할까 고민하기도 했지만 그대로 버려두는 건 아무래도 참을 수가 없어서 말이지.

결국 전부 주워 모았다.

그러다 보니 지금은 엄청난 양의 고기가 내 아이템 박스 안에 저장되어 있다.

일단 모험가 길드에도 던전 돼지와 던전 소의 상위종 고깃덩어리를 꽤 많이 팔았는데, 길드 마스터인 쟌니노 씨가 무척이나 기뻐했다.

글쎄 고기 던전 축제를 앞두고 관광객이 늘기도 해서 상위종 고기도 수요가 배로 늘었다고 한다.

그래도 여전히 코카트리스, 던전 돼지와 던전 소 상위종, 던전 돼지와 던전 소 상위종의 특수 개체 고기(당연히 내장도 그렇지만)는, 아직도 이만큼이나 있나 싶을 만큼 대량으로 남았기 때문에 대식가들이 몰려들어도 한동안 고기 걱정은 할 필요가 없을 것이다.

페르와 드라 짱과 스이는 한 번 정도 더 들어가도 괜찮지 않겠냐는 말을 꺼냈지만, 아이템 박스 안이 고기 던전산 고기투성이인데 그걸 더 늘리는 것은 아무래도 아니다 싶어 말렸다.

사흘 전에는 포장마차에서 팔 음식의 밑 준비도 마쳐두었다.

약속대로 메이너드와 엔조의 도움도 받아서 충분한 양을 준비할 수 있었다.

물론 축제에 나간다고 해도, 내가 포장마차를 여는 건 첫날 하루만이라고 정해두었지만.

상인 길드에서 이야기를 들어보니, 고기 던전 축제는 사흘간 열리는데 그 기간 내내 포장마차를 열지 말지는 참가자가 임의대로 정할 수 있다고 했다.

축제 이야기를 들은 페르와 드라 짱과 스이는 포장마차 순회를 할 마음으로 가득했고, 모처럼의 축제이니 나로서도 포장마차를 돌고 싶었다.

그래서, 내 포장마차에서 팔려고 하는 것은 바로…… 핫도그!

가능한 한 이 세계에 있는 재료로 만들어야겠다고 생각했기 때문에, 케첩 대신 수제 토마토소스를 뿌린 핫도그를 팔려고 한다.

포장마차에서 파는 음식으로는 제법 괜찮다고 생각하는데 말이지.

소시지를 구워 파는 포장마차는 여럿 있지만, 그걸 빵 사이에 끼운 가게는 본 적 없으니까 신기하기도 해서 제법 관심을 끌 거라고 본다.

무엇보다 맛있고.

전에도 몇 번인가 만들었던 수제 소시지를 메이너드와 엔조의 도움을 받아 대량으로 만들었다.

이 소시지에는 던전 돼지와 던전 소의 상위종 고기를 썼다.

미스릴 분쇄기나 소시지 충진기 같은 걸 본 두 사람이 상당히 놀랐지만, 특별 제작한 거라고 말하고 넘어갔다.

루이스한테 내가 S랭크 모험가라는 이야기를 들었는지, 두 사람 모두 "S랭크 모험가는 부자구나" 같은 말을 했다.

케첩 대신에 쓸 토마토소스는 미리 만들어두었다.

프라이팬에 기름을 두른 뒤 다진 마늘을 넣고 약불로 볶아 향을 낸 다음, 다진 양파를 넣고서 투명해질 때까지 볶는다.

그리고 큼직큼직하게 자른 생토마토와 고형 콩소메를 넣고 끓이다가 수분이 어느 정도 날아갔을 때 소금 후추로 간을 해주면 완성.

단순하지만 여러 가지로 활용할 수 있는 토마토소스다.

구운 수제 소시지를 빵에 끼우고 토마토소스를 뿌리면 무코다 특제 핫도그 완성이다.

메이너드와 엔조에게도 맛보여 줬더니 절찬을 했다.

지금까지는 고기는 고기, 빵은 빵대로 먹는 거라는 고정 관념이 있었는지, 빵에 소시지를 끼운 핫도그는 새로운 세상에 눈을 뜨게 해준 모양이었다.

그러고 보니 빵에 무언가를 끼운 요리는 내가 만든 것 외에는 본 적이 없었던 것 같네.

메이너드와 엔조는 핫도그를 베어 물면서 "저희도 스승님께 지지 않도록 정진하겠습니다!"라는 말을 했다.

아무튼, 이때의 빵은 내가 이 마을 빵집에서 사 온 것이었는데,

두 사람에게 고아원에서 영주님에게 원조받은 밀가루 중 여유분을 써서 빵을 만들고 있다는 이야기를 듣고 마침 좋은 기회라고 생각해서 소개를 받아 고아원에 빵 제작을 의뢰했다. 빈틈없이 쿠페 빵 모양으로 부탁했다.

이때 원장 선생님과 수녀님과도 만났는데 상냥한 할머니와 아주머니였다.

저, 젊은 수녀님을 기대하거나 하지는 않았다고.

일손이 부족해 바쁜 것 같기에 용건만 전하고 서둘러 돌아왔지만, 내 빵 주문에 무척이나 고마워했다.

현금 수입으로 이어지는 일은 뭐든 감사하다는 이야기였다.

그런 말을 들으면 나도 말이지…….

보통 빵 하나가 철화 두 닢에 거래되는데, 나는 조금 비싸게 쳐서 쿠페 빵 하나에 철화 다섯 닢으로 하고 500개를 주문했다.

그리고 선불로 그 자리에서 금화 두 닢과 은화 다섯 닢을 냈더니, 원장 선생님은 몇 번이고 감사 인사를 하며 "대지의 여신 키샤르 님의 가호가 당신에게 있기를" 하고 기도까지 해주었다.

이미 키샤르 님의 가호는 받았는데.

그리하여 고아원에 주문한 쿠페 빵은 내일 아침 중에 이 집으로 배달될 예정이다.

다음은 내일에 대비해 체력 보충이 될 만한 거라도 먹고 일찌감치 자기만 하면 된다.

그렇다면 딱 적절한 식재료는 내장이겠지.

그럼 오늘 저녁은 영양 만점인 내장을 써서 곱창전골을 만들기로 하자.

보글보글 끓는 질냄비.

내 마도 버너와 주방의 마도 버너를 모두 사용해서, 여덟 개의 질냄비를 올려두었다.

안에는 양배추, 숙주, 부추, 그리고 중요한 던전 소 곱창이.

얇게 저민 마늘은 듬뿍 넣고, 고추는 스이가 있으니까 조금만 넣었다.

육수는 귀찮아서 시판되는 것을 골랐다.

본고장인 하카타의 맛이라는 좋은 평판을 받는 것 중 간장 맛과 된장 맛을 구입.

양쪽 국물을 하나부터 일일이 만들려 하면 상당히 귀찮지만, 시판되는 것은 넣기만 하면 되니까 이렇게 욕심도 부릴 수 있어 좋다.

가다랑어와 다시마 육수에 간장 냄새, 그리고 된장 냄새가 은은하게 감돈다.

"맛있겠다······."

『어이, 아직이냐?』

『이제 다 된 거 아냐? 배고프다고.』

『주인, 배고파.』

페르도 드라 짱도 스이도 곱창전골 냄새를 맡고 더는 참을 수 없게 된 모양이었다.

"좋아, 다 됐다. 영차……."

페르와 드라 짱과 스이 앞에 질냄비를 통째로 내려놓았다.

"이쪽이 간장 맛 곱창전골이고, 이쪽이 된장 맛 곱창전골이야. 뜨거우니까 조심하고. 그리고 건더기를 다 먹고 나면 그대로 둬. 전골은 마무리가 맛있으니까."

그렇게 말했지만, 전혀 듣고 있지 않은 것 같다. 페르와 드라 짱은 바람 마법으로 식히느라 정신이 없었고, 스이는 뜨거운 건 전혀 개의치 않고 질냄비를 뒤덮고 있었다.

『우와아, 이거 맛있어어.』

『크읏, 나도 어서 먹고 싶다. 얼른 식어라.』

『이럴 때 우리는 약하다니까. 뜨거운 채로 먹을 수 있는 스이가 부러워.』

"하핫, 그렇게 조급해하지 않아도 곱창전골은 도망치지 않으니까, 잘 식혀서 천천히 먹어."

그럼 나는 추가 곱창전골을 준비해볼까.

이 셋이 이 정도로 배부르다고 할 리 없으니까.

질냄비에 육수를 부어 끓이고 양배추와 숙주와 부추, 그리고 곱창과 얇게 썬 마늘과 고추를 넣은 다음은 익기를 기다리기만 하면 된다.

그사이에 나도 곱창전골을 먹기로 할까.

우선은 기본인 간장 맛.

후루룩——.

국물을 꿀꺽.

"하아~ 맛있어. 가다랑어와 다시마를 우린 국물에 채소와 곱창의 감칠맛이 녹아들어서 좋은 맛이 나잖아."

다음은 주역인 곱창이다.

탱글탱글한 식감과 넘쳐나는 기름진 맛.

"아무 부족함 없을 만큼 맛있어."

채소에도 국물의 맛이 배어들어서 이것 역시 맛있었다.

"이런, 간장 맛 말고 된장 맛도 먹어야지."

그런고로 된장 맛 쪽도 국물부터.

후루룩——.

"된장 맛도 맛있잖아~."

깊이 있는 된장 맛에 곱창의 감칠맛이 더해져서 이쪽도 간장 곱창전골에 지지 않을 만큼 맛있었다.

"양쪽 다 맛있어. 이거 우열을 가리기 어려운걸…… 앗, 그런 것보다 맥주지. 맥주."

곱창전골에는 당연히 맥주가 있어야지 하고 생각해서 미리 인터넷 슈퍼에서 사뒀다.

푸슉, 꿀꺽 꿀꺽 꿀꺽 꿀꺽.

"크으, 맛있어!"

그리고 곧바로 곱창전골을…….

"아~ 최고야."

그러는 사이에 셋이 다시 더 달라며 재촉했고.

추가로 준비해둔 곱창전골을 셋에게 내주었다.

나도 곱창전골을 즐기면서 셋에게 곱창전골을 몇 번 더 준 후에……

"좋아, 그럼 슬슬 마무리에 들어가 볼까."

간장 맛 곱창전골 마무리로 준비한 것은 중화면이다.

면에 극상의 국물이 배어들어 실로 일품이었다.

된장 맛 곱창전골 마무리는 우동으로 할지 죽으로 할지 망설이다가 죽으로 해봤다.

남은 국물에 밥을 넣고 풀어둔 달걀을 부어 섞어서 달걀죽으로.

이쪽도 역시 감칠맛 있는 된장 맛 국물이 쌀과 잘 어우러져서 일품이었다.

이 전골의 마무리는 페르도 드라 짱도 스이도 마음에 들었는지 국물 한 방울도 남기지 않고 싹 비우고는 만족한 얼굴을 했다.

◇ ◇ ◇ ◇ ◇

배가 부른 페르와 드라 짱과 스이는 일찌감치 잠들어 버렸다.

나는 어땠는가 하면…….

"어디 그럼 데미우르고스 님께 공물을 바쳐볼까. 오늘은 조금 취향을 바꿔서, 이것도 같이."

여행 도중에도 데미우르고스 님께 공물을 바쳤었는데, 데미우르고스 님의 요청도 있어서 일본 술과 프리미엄 통조림 안주만 드렸었거든.

오늘 저녁 식사는 마침 일본 술과도 잘 어울리는 곱창전골이었기 때문에, 함께 보내드리면 어떨까 싶어서 데미우르고스 님 몫도 준비해두었다.

완전히 일본 술의 포로가 되어버린 데미우르고스 님이니, 안주로 함께 먹기 좋은 곱창전골은 분명 마음에 들어 하실 거라고 본다.

그리고, 중요한 일본 술은 이번에는 주간 순위 중에서 골라보았다.

우선 첫 번째 병은 도치기의 술이다.

저온에서 충분히 발효시킨 순미대음양으로, 멜론을 떠올리게 하는 과일 향과 입안에서 느껴지는 부드러움, 은은한 단맛이 퍼진다고 한다.

최근 인기가 있어서 수요에 대한 공급이 따라가지 못해 구하기가 점점 어려워지고 있다고 들었다.

두 번째 병은, 후쿠이현의 술이다.

0도에서 2년 동안 숙성시킨 순미대음양주로, 어는점에서 장기 숙성시켜서 자몽 같은 향기를 즐길 수 있다고 한다.

미국의 일본 술 품평회에서도 3년 연속 금상을 수상했단다.

참고로 이 시리즈의 술은 여러 정부 주최의 식전 등에도 사용되어 세계 요인들이 모이는 자리에서 대접된 술이라는 것이 결정적인 이유가 되었다.

세 번째 병은 야마가타의 술이다.

우키요에 라벨과 이름이 특징적이라 눈에 띄어서 이걸 골라보았다.

쌉쌀한 순미음양주로, 이 시리즈 술을 쌉쌀한 맛으로도 만들어

달라는 요청을 받아서 3년의 시간을 거쳐 완성시킨 술이라고 한다.

과일 향이 나는 산뜻하고 쌉쌀한 술이란다.

이 세 병과 평소와 같은 프리미엄 통조림 안주를 준비.

곱창전골은 바로 먹을 수 있게 뜨끈뜨끈한 질냄비째로.

일단 기본이라 할 수 있는 간장 맛 곱창전골로, 물론 마무리인 중화면도 준비했다.

이걸로 오케이.

모든 것을 거실 테이블 위에 꺼내놓고…….

"데미우르고스 님, 부디 받아주십시오."

『이거 이거, 늘 미안하구먼~. 즐거운 마음으로 기다리고 있었다네.』

"평소의 일본 술과 안주인 통조림, 그리고…… 이건 곱창전골입니다. 제가 만든 겁니다만, 일본 술과도 어울릴 거라고 생각하니까, 드셔보십시오."

『전골인가! 지구의 신에게 대접을 받은 적이 있다네! 그건 아주 맛있었지~. 일본 술과도 아주 잘 어울리는 음식이었어. 게다가 건더기를 다 먹은 후의 마무리라는 게 또 각별했지.』

"데미우르고스 님께서 드셔보셨던 전골과는 다를 거라고 생각하지만, 이 곱창전골도 제법 괜찮습니다. 이 전골 마무리는 중화면인데, 이것도 맛있습니다."

『오호~ 그래, 그런가. 그거 기대되는구먼.』

"끓여둔 거니까 그대로 드십시오. 건더기를 다 드신 다음에 마무리로는 이 중화면을 넣고 잠시 끓여 드시면 됩니다."

『바로 먹을 수 있다니, 더할 나위 없이 좋군. 고맙네. 바로 일본 술과 함께 먹어보겠네.』

테이블 위에 있던 술과 냄비 등이 옅은 빛과 함께 사라져갔다.

『그렇지. 일단 자네한테는 전해두겠네만, 자네들을 소환한 레이세헬 왕국 말일세. 망했네.』

"네? 이웃의 마르베일 왕국과 전쟁을 벌이게 되었다고는 들었습니다만, 역시 진 겁니까?"

『그래. 예상대로 졌다네.』

데미우르고스 님의 이야기에 따르면, 전쟁을 시작한 레이세헬 왕국은 지금까지의 보복이라는 듯이 마족의 나라에게도 격렬한 공격을 받았고, 강자들이 모인 마르베일 왕국에도 반격을 받았으나 압도적인 수의 병사로 어떻게든 대항 중이었다고 한다.

그 압도적인 수의 병사라는 것은 노예가 된 빈민, 그리고 수인과 엘프와 드워프.

레이세헬 왕국은 노예에게 데미우르고스 님께 이전에 들렸던 '예속의 팔찌'와 비슷한 마도구를 채워 반항할 수 없도록 행동을 제한한다고 하는데…….

『노예병은 일회용이나 같은 취급이니까. 어차피 죽을 거라면 무자비하게 괴롭힌 레이세헬 왕국에 반격을 하고서 죽는 편이 낫다며 노예들이 반란을 일으켰지. 그게 결정적인 한 수가 돼서 레이세헬 왕국은 단기간에 와해되었다네. 왕족은 전원 참수, 왕족에 이어 전쟁에 적극적으로 가담했던 왕족파라 불리는 귀족들도 모조리 처형되었지.』

마도구의 효과로 죽을지도 모르지만, 그래도 레이세헬 왕국에 힘을 보태주는 형태로 죽을 바에는 옥쇄를 각오하고 한 행동이었나 보다.

그 나라에서 노예는 가혹한 취급을 당하는 모양인 데다, 맨 처음에 만났던 사치에 푹 빠진 듯했던 돼지 왕을 보았을 때 단물을 빠는 것은 왕족과 귀족 놈들뿐인 것 같았으니까.

인과응보라고 할까 자업자득이라고 할까, 이것도 일어나야 할 일이 일어난 결과겠지.

싸움을 강요당한 노예들에 관해서는 안타깝다고 생각하지만, 레이세헬 왕국이 멸망한 것에 관해서는 전혀 동정하는 마음이 들지 않았다.

"그렇다는 건, 레이세헬 왕국은 마르베일 왕국에 합병되는 건가요?"

『그렇게 되겠지. 일반 서민은 그 사실을 기뻐할지도 모르겠구먼. 레이세헬 왕국에서 일반 서민은 착취당할 만큼 당했었으니까.』

레이세헬 왕국은 왕족과 귀족, 그리고 그들과 이어진 일부 유복한 상인 외에는 세금이라는 이름의 착취를 당했던 모양이었다.

마르베일 왕국도 내가 지금 있는 레온하르트 왕국과 마찬가지로 차별이 없는 비교적 자유로운 나라라고 하는데, 데미우르고스님의 이야기에 따르면 터무니없는 세금을 뜯어내는 나라도 아닌 것 같으니 아마도 살기 편해지지 않을까 싶다.

『아, 그렇지. 마지막으로 자네와 함께 소환된 세 사람에 관한 정보네만. 마르베일 왕국의 왕도 교회에서 결혼식도 올리고 명실

상부한 부부가 되었다네. 그리고 던전에 가져다 둔 자네가 제공한 열화판 일릭서도 무사히 발견했지. 그걸 써서 리오인가 하는 아이의 팔도 원래대로 돌아갔다네. 그 세 사람, 실로 행복해 보이더군. 행복한 건 좋은 일이지. 후훗후훗.』

…………데미우르고스 님, 지금 그 정보를 지금 이렇게 던지시는 겁니까?

리오라는 아이 팔이 원래대로 돌아온 건 잘됐어.

그 소식을 듣고 안심했고, 정말로 다행이라고 생각한다.

힘들 거라고 생각해서 조금이라도 도움이 되었으면 싶은 마음에 금화 100닢도 데미우르고스 님에게 맡겼다.

하지만…….

크으으으으으, 이 꽃미남 자시이이이익.

미소녀를 둘이나 아내로 삼다니.

너무 부럽잖아아아앗(피눈물).

젠장, 분하지만, 정말로 정말로 진심으로 분하지만…….

금화 100닢은 축의금이다!

너희, 행복하게 살라고오오오오오!

하아~ 나한테 붙은 건 사역마 세 마리인데…….

아니, 물론 페르와 드라 짱과 스이가 싫다는 게 아니야.

누가 뭐래도 페르와 드라 짱과 스이는 내 소중한 동료니까.

하지만 있지, 하지만 말이지, 내 주변엔 눈을 씻고 봐도 여성이 없다고.

불만도 말하고 싶어질 만하잖아.

나한테 여자 운이 없다고는 해도 이 처사는 너무하잖아.

아무리 생각해도 꽃미남 폭발해버려 인싸 폭발해버려 하는 심정이 된다고.

쳇.

나는 나 나름대로 내일부터 고기 던전 축제를 즐길 거거든.

그날 밤엔 허한 마음을 달래기 위해 내 치유제인 스이를 꼭 안고 잤다.

"우후후후."

"에헤헤."

카논과 리오가 내 팔에 팔짱을 끼고서 싱글벙글하고 있었다.

"두 사람 다 뭐야?"

"그게, 그렇지? 리오."

"그렇지? 카논."

"우리 부부가 됐는걸. 기쁜 게 당연하잖아."

"맞아. 카이토 군이 우리 남편이 됐으니까 당연히 기쁘지."

그런 말을 하다니, 카논과 리오도 너무 귀엽잖아.

하지만 나도 말이지……

"나도 카논과 리오가 아내가 되어줘서 기뻐."

내가 그렇게 말하자 카논과 리오도 부끄러워하면서도 기쁜 듯이 웃었다.

물론 두 사람의 손가락에서는 내가 준 반지가 빛나고 있었다.

우리는 왕도의 문을 나와 10분 정도 걸어가면 나오는 던전으로 왔다.

카논과 리오의 바람에 따라 왕도에 도착한 그날 바로 대지의 여신의 교회로 가서 결혼식을 올렸다.

두 사람이 원했던 대지의 여신의 교회는 고대 로마의 신전 같은 느낌으로 아름답고 장엄했다.

그곳에서 올린 결혼식은, 식은 식이라도 교회에 어느 정도 헌금을 한 뒤 교회 안쪽에 있는 대지의 여신 신상 앞에서 신관이 기도를 올리는 게 다이기 때문에 그다지 시간도 걸리지 않았다.

그래도 기분은 전혀 달랐다.

이 식을 올림으로써 우리는 부부가 되었다는 사실을 절절하게 실감했다.

그것이 바로 그저께의 일이었고, 그날 밤은 신혼 첫날밤으로 그게 그러니까 웅얼웅얼……

아, 아무튼, 이러저러해서 어제는 푹 쉬었고 오늘은 다 함께 던전으로 향한 것이다.

우리도 주머니 사정에 여유가 없으니까.

왕도에 오는 여행 준비로 이것저것 써버린 데다가 헌금도 무시할 수는 없는 금액이었다.

가난해서 먹고살기 바쁘다는 거지.

그런고로 던전에 오기는 했는데, 역시 왕도의 던전이다.

들어가는 것만으로도 모험가 행렬이 만들어져 있었다.

우리는 그 행렬에 줄을 섰다.

"시간이 좀 걸릴 것 같네."

행렬을 보면서 카논이 그렇게 말했다.

"어쩔 수 없지. 왕도인걸."

"뭐 그렇지."

"드롭 아이템이 많이 나와주면 좋겠다."

"응. 결혼해서 운이 좋아졌으니까, 잔뜩 나올지도 몰라."

그러고 보니 신관이 그런 말을 했었지.

교회에서 결혼식을 올리면 운이 좋아진다고 한다.

뭐, 그래 봤자 아주 살짝인 것 같지만.

그래도 올라갔다면 조금은 기대해도 되려나?

"그랬으면 좋겠네. 하지만 두 사람 다 무리는 절대 하지 마. 약속이야."

"알아. 그리고 그건 카이토도 마찬가지야. 카이토한테 무슨 일이 생기면 나……."

"맞아. 카이토 군한테 무슨 일이 생기면 나도……."

"알고 있어. 앞으로도 셋은 쭉 함께야. 앞으로는 안전제일로 해 나가자고."

""응.""

"하아압!"

내 무기인 롱소드로 오크의 어깨에서 배까지 베어 갈랐다.

"쿠히이이익."

오크가 단말마를 지르고 쓰러졌다.

그리고, 던전에 빨려들어 가듯이 사라져갔다.

"후우, 끝났다."

왕도의 던전은 게임에 나오는 것 같은 석벽으로 둘러싸인, 지하로 나아가는 타입의 '이게 바로 던전'이라는 느낌의 던전이다.

우리는 그곳의 8계층을 탐색하다 한 방에 모여 있던 오크 놈들을 처리한 참이었다.

"꽤 많았던 만큼 드롭 아이템도 제법 나왔어."

"정말이네. 오크랑 싸우는 건 익숙해졌으니까, 역시 이 계층으로 정한 게 정답이었나 봐."

이곳 8계층에는 우리가 지금까지 메인으로 사냥했던 오크가 나오기도 했기 때문에, 일단 이 계층에서 돈을 벌기로 했던 것이다.

앞으로 더 나아갈지 말지는 이 계층을 탐색해보고서 정하자고 셋이 이야기를 나누어 정했다.

"오크 고기가 꽤 있는걸."

"응. 하지만, 저것도 있어……."

"우웩. 저건 우리는 못 만지는데……."

"응. 저건 좀……."

"카이토, 저거 회수 부탁해."

"어쩔 수 없지."

나는 두 사람이 저거라고 부르는 드롭 아이템을 회수했다.

카논과 리오가 손대기도 싫어하는 저거란, 오크의 고환이다.

이건 정력제 원료 중 하나로 제법 괜찮은 가격으로 팔 수 있단 말씀.

"이걸로 드롭 아이템도 그럭저럭 회수한 것 같은데, 어떡할래?"

"아직 여유가 있으니까, 조금 더 탐색하고 가자. 벌 수 있을 때 벌어두고 싶으니까. 리오는 어때?"

"나도 그게 좋다고 봐. 우리라면 오크 상대로 질 리 없고, 이 계층은 함정 걱정도 없으니까."

이 던전에 관해서는 사전 조사를 했기 때문에 함정은 10계층 아래부터 설치되어 있다는 것을 알고 있었다.

"두 사람이 괜찮다면, 조금 더 탐색하고 갈까. 그럼, 움직이자."

"응."

나와 리오가 방을 나가려 했지만 어째선지 카논이 움직이지 않았다.

"카논, 왜 그래?"

"음……. 카이토, 리오, 잠깐 이쪽으로 와볼래?"

카논이 그렇게 말했기에 나와 리오는 카논 곁으로 달려갔다.

"있지, 저기. 안쪽 벽 좌측 말이야. 뭔가 이상하지 않아?"

그렇게 말하고서 카논이 안쪽 벽 좌측을 가리켰다.

카논의 손가락이 가리킨 곳을 찬찬히 살펴보았다.

"별로 이상하게는 보이지 않는데……."

"나도 이상하게는 안 보여……."

리오도 나와 같은 의견이었다.

그래도 카논은 납득이 가지 않는 모양이었다.

"좀 보고 올게."

그렇게 말하며 안쪽 벽을 향해 갔다.

나와 리오도 의아해하며 카논을 따라갔다.

"이쯤인데……."

카논이 이상하다고 느낀 부분의 벽을 척척 만져보았다.

"그것 봐, 아무것도 없잖아. 카논 기분 탓……."

기분 탓이라는 말을 잇지 못했다.

카논이 만진 부분의 벽 일부가 투둑투둑 벗겨져 떨어지고, 지름 10센티미터 정도의 마법진이 나타났다.

"이, 이건······."

"봐. 이 주변에서 쭉 위화감이 들었다고."

카논이 살짝 의기양양한 얼굴을 하며 그렇게 말했다.

"이거 마법진이지? 여기에 마력을 흘려 넣는 걸까?"

"아마도. 한번 해볼게."

"앗, 잠깐, 카논."

말리려 했지만 한발 늦었고, 카논이 마법진에 손을 올렸다.

쿠구구구구궁──.

벽 일부가 미끄러지며 열리더니 그 너머에서 방이 나타났다.

"이건, 비밀의 방 같은 건가?"

우리 셋은 주저주저하며 안을 들여다보았다.

"아! 카이토 군, 카논, 안쪽을 봐봐. 저거, 저 나무 상자. 보물 상자가 아닐까?"

리오의 말에 안쪽으로 시선을 돌리자, 분명 예스러운 나무 상자가 떡하니 놓여 있었다.

"정말이네! 저거, 보물 상자야. 얼른 열어보자!"

그렇게 말하며 카논이 보물 상자로 향하려는 것을 바로 직전에 말렸다.

"잠깐! 함정이 있을지도 몰라. 여기는 신중하게 가야 해."

"카이토 말이 맞아. 카논."

"에이, 하지만 여기 8계층이잖아. 함정은 없다고 하지 않았어?"

"그랬지만, 여기는 비밀의 방이잖아. 저 안도 같을지는 알 수 없어."

"맞아 맞아. 우리한테는 감정 스킬이 있으니까, 우선은 감정해보자."

"알았어. 그럼, 감정. ……음, 함정은 없나 봐."

나도 감정해보니…….

【보물 상자】
보물 상자. 함정은 설치되어 있지 않다.

"응, 괜찮은 것 같네."

"그러게."

리오도 감정해보았는지 고개를 끄덕였다.

"그럼, 열어보자."

"내가 열고 싶은데."

비밀의 방 제1 발견자로서 보물 상자를 여는 일은 카논에게 양보했다.

카논이 천천히 보물 상자를 열자…….

"뭔가 조금 지저분한 마대랑, 이건 포션인가?"

안에는 조금 더러운 마대와 작은 병이 들어 있었다.

"우선은 이쪽 자루 안을 한번 보자."

마대를 꺼내서 안을 들여다보았다.

"우와아!"

"금화야!"

"100닢 정도 되는 것 같아! 세상에!"

안을 본 나도 카논도 리오도 흥분했다.

이게 있으면 한동안 생활에 곤란할 일은 없다.

"다음은 이거야. 카논 말대로 포션이겠지만, 일단은 감정부터."

【일릭서(열화판)】

(스이 특제 ※은폐 중) 일릭서(열화판). 열화판이라 수명이 늘어나는 일은 없다. 사지의 결손을 포함한 온갖 부상 및 병을 치유한다.

"이건……."

"일릭서, 라는데……."

"일릭서……."

"리오! 됐어!"

"리오, 이걸로 팔을 고칠 수 있어!"

"내, 내, 팔이……."

"그래! 이걸로 리오 팔도 원래대로 돌아갈 거야!"

"으흑, 리, 리오, 다행이야. 정말로, 다행이야……."

"카논, 훌쩍."

우리 셋은 서로를 끌어안고 눈물을 흘리며 기뻐했다.

고양된 감정을 진정시키고 리오에게 일릭서를 권했다.

"리오, 얼른 시험해보자. 분명 부상의 경우 절반은 마시고 절반은 환부에 뿌리는 게 좋댔어."

"괘, 괜찮을까? 잘 생각해보면, 이걸 팔면 셋이 함께 평생 먹고 살 수 있을 정도의 자금이 될 텐데⋯⋯."

"뭘 사양하는 거야! 당연히 괜찮지!"

"맞아! 리오, 돈이라면 여기 보물 상자에 들어 있던 게 있잖아. 놀고먹을 수 있을 정도는 아니지만, 한동안은 생활에 어려움이 없을 테니까 괜찮아."

"알았어. 그럼⋯⋯ 아!"

리오가 일릭서를 마시려다 말고 멈추었다.

"뭐야? 왜 그래?"

"저기 있지, 이걸, 여기서 마시면, 바로 팔이 낫는 걸까? 그러면, 던전을 나갈 때 사람들이 수상쩍게 여기지 않을까 해서."

"아, 그렇구나! 확실히 리오 말이 맞을지도. 이 던전에는 모험가가 많이 들어왔으니까. 우리를 기억하는 사람이 있을지 없을지는 알 수 없지만, 만약에 기억하는 사람이 있으면 분명 보물을 발견한 걸 들킬 거야."

"응. 그랬다간 이상한 사람 눈에 띄어서 성가신 일이 되지 않을까 싶어졌어."

"확실히 카논과 리오 말대로야. 마물보다 다른 무엇보다 사람이 제일 교활하다는 건 우리 몸으로 직접 경험했으니까."

내 말에 카논과 리오가 크게 고개를 끄덕였다.

"게다가 잘 생각해보면 왕도에 있는 동안 일릭서를 마시는 건 안 좋을지도 몰라. 숙소 종업원들은 우리 이름도 알고 있으니까. 다른 숙박객도 우리를 봤었고, 한쪽 팔뿐이던 리오의 팔이 다음 날 둘이 되어 있으면 반드시 소동이 벌어질 거야."

"그러네."

"응. 카이토 군 말대로라고 생각해."

"그렇다면……."

오늘 사냥한 오크의 드롭 아이템만 돈으로 바꾸고, 비밀의 방과 보물 상자에 관한 건 일절 발설하지 않기로 정했다.

그리고 왕도도 내일 바로 떠나기로 했다.

왕도를 나와서 만 하루.

가도를 따라 나아가고 있는데, 현재 주변에서는 사람의 기척이 느껴지지 않았다.

"좋아, 이쯤이면 괜찮지 않을까?"

"응. 왕도에서도 상당히 멀어졌으니까 괜찮을 것 같아. 리오, 얼른 마셔."

"응."

리오는 아이템 박스에서 일릭서가 담긴 작은 병을 꺼내 단숨에 절반을 들이켰다.

그리고 나머지 절반을 잃어버린 왼팔 어깨 부분에 뿌렸다.

그러자 리오의 몸이 옅게 빛났고, 왼팔 주변이 눈부시게 빛나기 시작했다.

"리오, 괜찮아?"

"리오!"

리오를 감싼 빛은 10초 정도가 지나 잦아들었다.

"카이토 군, 카논, 봐……."

"리오, 왼팔!"

"리오 팔이 원래대로 돌아왔어!"

리오의 왼팔이 원래대로 돌아와 있었다.

"내, 내 팔이, 원래대로. 고, 고마워. 두 사람 모두."

그리고 나와 카논과 리오는 서로를 끌어안고 소리 내 울었다.

고기 던전 축제 당일——.

큰길 양옆에 포장마차가 다닥다닥 늘어섰다.

그 포장마차를 찾아온 사람, 사람, 사람.

로센달 안팎에서 모여든 사람들로 고기 던전 축제는 성황을 이루고 있었다.

"감사합니다~."

핫도그를 사준 부모와 아이를 배웅했다.

"형, 우리 왔어."

"오, 너희구나. 아침에 보고 또 보네."

루이스와 파티를 꾸린 아이들이 찾아왔다.

"끄트머리라는 말은 들었지만, 정말로 형네 가게가 끄트머리네."

"뭐, 그렇지. 신청을 늦게 했으니까 어쩔 수 없는 일이야."

고기 던전 축제를 위해 생긴 포장마차 거리의 제일 구석진 자리에 내 가게가 있었다.

가게라고는 해도 주문 제작한 나의 비비큐 그릴을 꺼내서 가게로 쓰고 있을 뿐이지만.

참고로 페르와 드라 짱과 스이는 내 뒤쪽의 공터에서 낮잠을 자고 있다. 포장마차 순회를 못 한다는 사실에 엄청나게 불만을 늘어놓았지만, 포장마차를 하는 건 오늘뿐이라고 설명해 겨우 납득시켰다. 페르와 드라 짱과 스이가 "내일과 모레는 포장마차를 순회하며 실컷 먹겠다"라느니 하며 의욕을 냈던 것이 조금 무섭지만.

"역시 위치가 좋은 가게보다는 오는 손님이 적네."

"그야 그럴지도 모르지만, 그래도 나름대로 손님이 오고 있다고."

나로서는 이 정도가 여유를 가지고 대응도 할 수 있어서 좋은 느낌인데 말이지.

"그건 그렇고, 이거 맛있겠다. 이 소시지를 우리가 만든 빵 사이에 끼우는 거지?"

"맞아. 이 노릇노릇하게 잘 구워진 소시지를 고아원에서 만들어준 빵에 끼우고, 이 토마토소스를 뿌리는 거지."

""""""""꿀꺽…….""""""""""

루이스를 비롯해 그 동료들의 눈이 노릇하게 구워진 내 수제 소시지에 못 박혔다.

"맛있겠다……."

"어이, 이건 상품이니까 안 줄 거야. 먹고 싶으면 사달라고."

그렇게 말하자 모두 아쉬운 얼굴을 했다.

아무리 그래도 이건 파는 거란 말이야.

사달라고.

"역시 그렇게 되나. 다들, 어쩔래?"

루이스와 아이들이 어찌할지 상의했다.

"오빠네 건 분명 맛있어 보이지만, 다른 가게 것도 먹고 싶은데."

"하지만 형이 만든 밥은 엄청 맛있었다고."

"그러니까 말이야."

"응응, 망설여지네."

"그나저나 이건 얼만데?"

어이어이, 그래서 너희 어쩔 건데?

"형, 이건 얼마야?"

"이거? 이건 하나에 철화 여섯 닢이야."

"철화 여섯 닢이라. 으음~ 조금 비싼데."

"뭐어? 그런 거야? 빵이랑 소시지인데? 이래 봬도 양심적인 가격이라고 생각했는데."

"확실히 듣고 보니 그러네. 고기만이 아니라 빵도 있으니까 배도 든든할 것 같고. 으음……. 좋아, 나는 살래! 형, 하나 줘."

사겠다고 정한 루이스가 주문을 했다.

"예에, 감사합니다."

루이스에게 철화 여섯 닢을 받았다.

잘 구워진 소시지를 고아원 특제 쿠페 빵에 끼우고 토마토소스를 듬뿍 뿌려 내주었다.

"우와아, 맛있어 보여."

"맛있어 보이는 게 아니라 맛있거든. 먹어봐."

루이스가 덥석 핫도그를 베어 물었다.

"맛나~."

행복해 보이는 얼굴로 그렇게 말한 루이스를 보고 더는 참을 수 없게 되었는지 다른 아이들도 차례차례 핫도그를 주문했다.

그리고 입을 크게 벌리고서 핫도그를 베어 물었다.

"맛있어!"

"이건 사길 잘했네!"

"빵에 소시지를 끼운 것뿐인데, 이렇게 맛있어지는구나."

"멍청한 소리. 이 소시지는 엄청나게 맛있는 거라고. 오도독하고 씹히면서 안에서 육즙이 주르륵이라고."

"그 말이야말로 멍청한 소리야. 분명 소시지도 맛있지만, 위에 뿌린 빨간 소스가 전체를 어울러서 맛있어진 거라고."

너희 고아인데 의외로 미식가구나.

고기 던전이 있는 도시이기 때문인가?

루이스와 아이들이 가게 앞에서 이러쿵저러쿵 이야기를 해가며 핫도그를 맛있게 먹고 있는 것이 선전이 되었는지, 근처에 있던 엘프 남성이 핫도그를 사러 왔다.

"저도 하나 주세요."

"감사합니다."

철화 여섯 닢을 받고 핫도그를 건넸다.

고상한 얼굴을 한 엘프 남성이 입을 크게 벌리고 핫도그를 베어 물었다.

눈을 감고서 천천히 음미하듯 씹은 다음 꿀꺽 삼킨다.

다음 순간, 눈을 번쩍 크게 뜨더니 이번에는 우걱우걱 걸신들린 것처럼 먹었다.

그는 순식간에 핫도그를 다 먹고 나서 "후우~" 하고 한숨을 내쉬었다.

"그것참~ 아주 맛있었습니다. 이렇게 지금껏 맛보지 못한 맛있는 음식을 만날 수 있기 때문에 고기 던전 축제에 오는 걸 멈출

수가 없다니까요~."

　웃는 얼굴로 그렇게 말하는 엘프.

　"추가로 하나 더 부탁드려도 될까요?"

　"그럼요."

　돈을 받고 추가 핫도그를 건넸다.

　다시 핫도그를 베어 무는 엘프.

　그리고⋯⋯.

　"으음, 맛있어. 이 소시지는 육즙이 가득하고, 소금만이 아니라 후추도 들어 있군요. 게다가, 위에 뿌린 토마토를 조린 소스도 적당한 산미가 이 소시지와 빵에 아주 잘 어울립니다."

　그렇게 중얼중얼 혼잣말을 하는 엘프.

　"앗, 죄송합니다. 알고 계실지 모르겠습니다만, 엘프는 음식에 일가견이 있어서요. 제 경우엔 무심코 감상을 말해버리는 게 버릇이죠."

　아, 엘프는 미식가라 음식에 깐깐하다는 거 말이죠?

　네네, 알고말고요.

　지인 중에 어느 도시의 모험가 길드 마스터라든가 어느 A랭크 모험가 파티의 외모는 쿨한 미녀인 모험가라든가가 있어서요.

　뭐, 그 두 사람은 그저 단순히 먹보 엘프라는 느낌이지만.

　조금 이야기를 나눠보니 이 엘프 남성 손님은 가브리엘 씨라는 이름의 행상인으로, 고기 던전 축제에는 첫 개최 때부터 매년 오고 있다고 한다.

　그나저나 매년이라니, 상당한 단골이네.

"이 시기가 되면 매년 어찌할까 망설입니다만, 결국 발길이 이 곳으로 향하고 말더군요."

보통은 왕도와 비쇼프라는 도시(왕도와 이 로센달 중간쯤에 있는 도시) 사이를 오가며 행상을 하고 있는데, 고기 던전 축제 시기가 되면 그만 로센달까지 걸음을 옮기게 되고 만다고 한다.

"저한테도 엘프 지인이 있습니다만, 역시 가브리엘 씨도 맛있는 걸 보면 정신을 못 차리시나 보군요."

"하하하하, 엘프니까요."

그렇게 가브리엘 씨와 이야기를 나누고 있으려니…….

"뭐야, 그래서 고기 던전 축제 때가 되면 거리에 엘프가 늘어나는 거구나~."

우리 이야기를 듣고 있던 루이스가 그렇게 말했다.

"그러고 보니 이때가 되면 엘프가 자주 보였어."

다른 아이들도 응응하고 고개를 끄덕였다.

듣고 보니 여기에도 저기에도 엘프가 있네.

"고기 던전 축제에서는 여러 맛있는 걸 먹을 수 있으니까요. 역시 저희로서는 끌릴 수밖에 없죠."

맛있는 음식을 찾아서 엘프들이 이 도시로 집결하는 모양이다.

먹을 걸 위해 대이동도 마다하지 않는 엘프, 무서워.

말은 그렇게 했지만, 우리 먹보들도 마찬가지인가.

"올해도 오길 잘했습니다. 이렇게 맛있는 걸 먹을 수 있었으니까요. 내일도 또 먹으러 오겠습니다!"

가브리엘 씨가 내일도 올 마음 넘치는 모습으로 그렇게 말했다.

하지만…….

"저기, 죄송합니다만 이 가게는 오늘밖에 안 합니다."

"에에에에엑! 그, 그런…….."

가브리엘 씨, 그렇게 울상을 지으실 것까지는.

"아, 그렇지! 잠깐만 기다려주세요."

그렇게 말하더니 아이템 박스 안을 부스럭부스럭 뒤지기 시작했다.

마력이 풍부한 엘프라 가브리엘 씨도 아이템 박스를 가지고 있나 보다.

"있다! 여기에, 담을 수 있을 만큼 담아주십시오!"

가브리엘 씨가 꺼낸 것은 자그마한 바구니였다.

하지만 작다고는 해도 핫도그가 열 개 정도는 들어갈 듯했다.

"정말로 괜찮겠습니까? 꽤 여러 개가 될 것 같은데. 게다가 아이템 박스에 넣는다고는 해도 식품이니까, 서둘러 드시지 않으면…….."

나처럼 시간 경과가 없는 아이템 박스가 아니면 음식 보존은 위험하다고.

"괜찮습니다. 여기 들어갈 정도라면 아마도 내일 중으로는 다 먹어버릴 테니까요."

여기 들어갈 양을 내일 안으로 다 먹는다고…….?

뭐, 그렇다고 한다면. 돈을 받고 핫도그를 바구니에 채워 넣었다.

바구니 안에는 딱 열 개가 들어갔다.

"여기 있습니다."

"고맙습니다! 그럼 이만."

그렇게 말하고 가브리엘 씨는 바로 핫도그를 먹으면서 자리를 떴다.

그로부터 한 시간 후──.

"응? 뭐, 뭐야, 이건……."

어째선지 내 가게로 엘프가 대거 몰려들었다.

처음에는 걸음 하는 손님이 조금 늘었다고 여기면서 대응을 했는데, 어느샌가 엘프가 우글우글 몰려들어 왔고…….

핫도그를 만들랴 돈을 계산하랴 야단법석.

한가했는지 여전히 내 가게 주변에서 어슬렁거리고 있던 루이스와 아이들을 급하게 아르바이트로 고용해서 겨우겨우 대응했다.

대량의 소시지를 굽던 중에 핫도그를 먹고 있는 엘프들의 말이 귀에 들어왔다.

"가브리엘 말대로야. 이거 아주 맛있는걸!"

"같은 숙소에 묵고 있는 가브리엘 씨한테 맛있다는 말을 듣고 와봤는데, 정답이었어!"

"가브리엘 씨의 정보였는데, 역시 동포의 맛집 정보는 틀림이 없다니까~."

…………원인은 당신이었던 거냐!

입소문을 내준 것은 감사하지만, 단숨에 너무 몰려들었잖아.

엘프란 맛있는 음식 정보를 들으면 바로 먹고 싶어지는 성질인 걸까?

그런 생각을 하면서 묵묵히 핫도그를 만들어나갔다.

"하아, 겨우 다 처리했네."

드디어 엘프 손님들이 물러갔다.

급하게 아르바이트를 해준 아이들도 지친 얼굴을 하고 있었다.

이번엔 정말로 큰 도움이 됐어.

루이스와 아이들이 없었다면 큰일이었을 거야.

아르바이트비를 조금은 넉넉하게 줘야겠다는 생각을 하고 있으려니, 아저씨 한 분이 말을 걸어왔다.

"어이, 형씨. 엘프가 맛있게 먹고 있는 게 형씨네 가게 건가?"

내 가게 주변에는 핫도그를 맛있게 먹고 있는 엘프가 잔뜩 있었다.

"네, 그런 것 같네요."

"역시 그런가! 나한테도 하나 주게. 그것참, 맛에 깐깐한 엘프가 맛있게 먹고 있는 걸 보니 어찌나 궁금하던지."

아저씨가 핫도그를 사자, 그걸 시작으로 다시 손님이 대거 몰려들었다.

아저씨와 마찬가지로 엘프가 맛있게 먹고 있다 보니 거기에 이끌렸다는 느낌이었다.

"나도 하나 주게!"

"나도!"

"저도 주세요!"

"나는 두 개 줘!"

"으, 으아아. 어, 어이. 다들 일이다!"

또다시 아이들의 도움을 받아서 겨우 대응을 했다.

"자, 이걸로 매진입니다! 죄송하지만 끝났습니다."

마지막 하나 남은 핫도그가 팔렸다.

메이너드와 엔조에게 도움을 받아서 포장마차 판매용으로 준비했던 소시지가 전부 팔렸다.

넉넉하게 만들었다고 생각했는데.

"하아, 지쳤어."

"형, 나도 그래."

루이스의 그 말에 다른 아이들도 말없이 고개를 끄덕였다.

"오늘은 정말로 큰 도움이 됐으니까, 한 명당 은화 두 닢을 삯으로 줄게."

"정말이야?!"

"물론이지. 여기."

한 사람 한 사람 돈을 건네주자 지친 표정을 하고 있던 얼굴에 미소가 번졌다.

"그럼, 이걸로 맛있는 걸 먹자!"

"""""""좋아!"""""""

너희, 아직도 그럴 기운이 남았구나.

정말이지 계산적인 녀석들이라니까.

"그럼 형, 또 봐~."

루이스와 아이들이 여전히 활기를 띠고서 고기 던전 축제의 포장마차 거리로 사라져갔다.

"그럼, 우리도 돌아갈까?"

페르와 드라 짱과 스이에게 그렇게 말하자 페르의 기분 상한 목소리가 들려왔다.

『어이, 뭔가 잊지 않았느냐?』

"응?"

『밥이다, 밥!』

"아앗! 미안, 미안. 너무 바빠서 그만 깜빡했어."

엘프의 내습과 거기에 이끌려 온 손님이 대거 밀려들다 보니 셋의 점심밥에까지는 신경이 미치지 못했다.

『정말이지, 공복으로 이런 냄새를 맡고 있는 건 힘들다고!』

드라 짱도 화가 났다.

『주인, 배고파아…….』

스이에 이르러서는 허기가 져서 슬픈 목소리.

"다들 미안, 정말로 미안해. 여기 포장마차에서 파는 거 뭐든 사줄 테니까, 응?"

양손을 맞대고서 페르와 드라 짱과 스이에게 고개를 숙였다.

『흥, 당연한 말이다.』

『그렇지!』

『스이, 많이 먹을 거야.』

그 후, 페르와 드라 짱과 스이가 만족할 때까지 말하는 대로 이곳저곳의 포장마차에서 대량으로 음식을 구입했고, 그렇게 나의 고기 던전 축제 첫날이 끝났다.

고기 던전 축제 둘째 날.

포장마차 거리에는 사람이 넘쳐났고 오늘도 대성황이었다.

『오늘은 먹고 먹고 또 먹을 테다.』

『당연하지!』

『스이도 마아아아않이 먹을 거야!』

…………먹겠다는 마음으로 가득한 건 좋지만, 너희의 많이라는 건 조금 무서운데.

게다가 어제도 꽤 먹었다고 생각하고.

어제, 페르와 드라 쨩과 스이에게 요구받는 대로 이곳저곳의 포장마차에서 음식을 대량으로 구입했던 것을 떠올렸다.

"어제도 많이 먹었잖아?"

『어제는 어제다. 게다가 그런 건 시작일 뿐이다.』

『맞아, 맞아. 어제 가지 못했던 포장마차도 잔뜩 있고!』

『에헤헤! 여러 가지 먹을 거야.』

아무래도 어제 먹은 건 아직 시작에 불과했나 보다.

『그래, 오늘은 저기 꼬치구이 포장마차부터다. 드라, 스이, 따라와라.』

『좋았어, 오늘도 고기를 실컷 먹어보자고!』

『고기~.』

그렇게 말하며 가까이 있던 던전 소 꼬치구이 포장마차로 돌진하는 페르와 드라 쨩과 스이.

갑자기 나타난 셋을 보고도 전혀 개의치 않고 꼬치구이를 계속해서 굽는 포장마차 주인아저씨.

장인 기질의 고집 있는 주인장이라는 느낌인걸.

치익치익 구워지는 던전 소 고기에서는 허브를 쓴 특제 양념으로 보이는 매콤한 냄새가 감돌아서 실로 맛있을 것 같았다.

『어이, 나는 이걸 열 개 먹겠다.』

『나는 다섯 개야.』

『스이는 있지, 스무 개 먹을래.』

『어이 스이. 열 개로 해둬라. 여기 다음에도 여러 포장마차를 돌 거다.』

『앗, 그렇구나. 페르 아저씨 말대로 다음에도 많이 먹어야 하지! 응, 스이도 열 개로 할래.』

『네네, 그럼 주문해.』

"저기요, 스물여섯 개 주세요."

주문하는 김에 내 몫도 하나 추가했다.

매콤한 고기 냄새를 맡았더니 참을 수가 없게 됐거든.

"여기 있습니다."

아저씨에게 돈을 내고 갓 구워진 꼬치구이를 받아 들었다.

그리고 공터로 이동해서 평소처럼 꼬치에서 뺀 고기를 페르와 드라 짱과 스이의 전용 접시에 담아 각각 내주었다.

다들 바로 달려들더니 날름 비워버렸다.

『그럭저럭 괜찮았다.』

『맞아. 살짝 매콤한 양념이 식욕을 돋우네.』

『역시 고기는 맛있어! 스이도 더 많이 먹을래!』

"다들 너무 빨라. 나는 아직 절반도 못 먹었는데."

『뭘 꾸물대며 먹는 것이냐. 어서 먹어라. 다음으로 못 가지 않느냐.』

"그런 말을 한들 이 꼬치구이는 양이 제법 되니까, 너희처럼 그렇게 빨리는 못 먹는다고."

드라 짱도 페르에게 동조하듯이 『맞아, 맞아. 어서 먹어』라고 하고, 스이는 스이대로 빤히 나를 보고 있다. 재촉을 받아 급하게 던전 소 꼬치구이를 먹는 나.

무슨 허브를 썼는지 톡 쏘는 매콤한 양념과 기름기 적은 살코기 부분이 매우 잘 어울려서 맛있는 꼬치구이다.

그러나, 아무리 맛있어도 재촉을 받으며 먹다 보니 감동도 반감되었다.

『그래, 다 먹었구나.』

『다음, 다음.』

『고기~.』

내가 다 먹은 것을 확인하더니 다시 페르와 드라 짱과 스이가 다음 목표물인 포장마차로 돌격해 갔다.

맛있는 건 느긋하게 맛보며 먹는 게 제일인데.

아무래도 이래서는 무리일 것 같네.

『어이, 다음은 이거다. 얼른 와라.』

페르에게서 염화가 들어왔다.

『예이예이, 지금 갑니다.』

나는 서둘러 셋에게로 달려갔다.

◇ ◇ ◇ ◇ ◇

　페르와 드라 짱과 스이의 식욕이 향하는 대로 십수 곳의 포장마차를 돌았을 때, 눈에 익은 얼굴을 마주했다.

　"오오, 저 포장마차에 메이너드와 엔조가 있네."

　『음, 얼마 전에 저택에 왔던 애송이인가. 분명 네가 내장 요리를 가르쳐줬었지?』

　"맞아. 사람들이 꽤 줄을 서 있는 걸 보니 장사가 잘되나 보네. 다행이다. 잘됐어."

　메이너드와 엔조의 포장마차는 행렬도 생겨 있는 것이 상당히 성황인 듯했다.

　그걸 본 드라 짱이 중얼거렸다.

　『내장이라. 그거 생긴 건 그래도 꽤 맛있었지.』

　그 말을 들은 스이도 『맛있었어』라며 뿅뿅 뛰어올랐다.

　『……어디, 애송이 녀석들이 만든 내장 요리를 맛보도록 해볼까.』

　그렇게 잘난 듯이 말하면서 줄을 무시하고 메이너드와 엔조의 포장마차로 다가가려 하는 페르.

　『나도 먹을래.』

　『스이도.』

　그리고 페르의 뒤를 따라가는 드라 짱과 스이.

　"자자자자, 잠깐, 다들 기다려."

　페르의 꼬리와 드라 짱의 꼬리를 움켜쥐고 서둘러 말렸다.

　"스이도 안 돼. 멈춰."

혼자 뿅뿅 뛰어오르며 포장마차로 다가가던 스이도 제지했다.

『어째서 멈추는 것이냐?』

내게 제지를 받아 기분 나쁜 목소리로 대꾸하는 페르.

"어째서 멈추는 것이냐? 가 아니라고. 다들 줄 서 있잖아. 먹고 싶으면 줄을 서야 한다고."

『음, 그런 것이냐. 귀찮구나.』

"그럼 다른 포장마차로 갈까?"

『으음, 내장 요리 맛이 생각나서 먹고 싶어졌다. 다음은 역시 내장 요리가 먹고 싶다.』

"그럼 줄 서야지. 자, 줄 서자."

『할 수 없구나.』

모두와 함께 줄을 섰다.

그랬더니 여러 사람들이 힐끔힐끔 이쪽을 보고 있는 것 같은 느낌이.

페르와 드라 짱과 스이가 함께라서인가?

이 마을에도 열흘 이상 있었으니까 마을 사람들한테도 페르의 존재는 꽤 알려져 있을 텐데.

『아직이냐?』

"지금 막 줄을 섰잖아. 조금 더 기다려."

정말이지, 줄을 서자마자 바로 우리 차례가 될 리 없잖아.

"…………아."

『뭐냐?』

"페르, 염화. 염화!"

조금 당황하며 페르의 귀에 대고 그렇게 말했다.

사람이 많은 곳에서는 가능한 한 염화를 써달라고 했었는데, 방금 페르 녀석 평범하게 말했다고.

『음, 그랬지.』

"그랬지, 가 아니거든. 제발 부탁해~."

카레리나라면 몰라도, 여기서 누가 들으면 소란스러워질 거야.

이쪽을 힐끔대는 사람들은 우리 대화가 들렸던 사람들인가. 페르도 그다지 큰 목소리로 말한 건 아니니까, 몇 명 안 될 테지만⋯⋯.

힐끗.

우리를 힐끔대던 사람들을 나도 힐끔 보았다.

이런.

아직도 이쪽을 힐끔대고 있어.

이건⋯⋯ 필살 모르는 척으로 넘겨야겠다. 응.

그런 느낌으로 잠시 기다렸고.

"오래 기다리셨습니다. 다음 분 오세요."

"장사가 꽤 잘되고 있네."

""스승님!""

"사러 왔어."

가볍게 이야기를 나눠보니, 이 가게도 처음엔 내장을 보고 다들 질색하며 아무도 오지 않았다고 한다.

하지만 새로운 걸 좋아하는 손님이 시험 삼아 주문해주었고⋯⋯.

그 손님이 "맛있어 맛있어" 하고 먹는 것을 보고 그럼 어디 한

번 먹어볼까? 하고 사는 사람이 조금씩 늘어나서, 지금은 이렇게 줄이 생길 정도가 되었다고 한다.

'꽝'인 내장을 쓰고 있는 만큼, 벌집위 토마토 스튜가 철화 네 닢, 내장 꼬치구이가 철화 세 닢으로 다른 포장마차보다 저렴한 가격대로 설정한 것도 좋게 작용했을 거라고 했다.

역시 이런 건 실제로 먹어보게 하는 게 제일이라니까.

맛있으면 저절로 손님은 모이는 법이다.

"두 사람 다 잘됐다."

""네!""

메이너드도 엔조도 가게가 잘돼서 기쁘고 의욕이 솟아오르는가 보다.

"일단, 여기에 3인분씩 토마토 스튜를 담아줘. 그리고 꼬치구이 쪽은 스물여섯 개 부탁해."

토마토 스튜를 담을 사역마용 접시를 아이템 박스에서 꺼내 돈과 함께 건네며 주문했다.

배가 꽤 찼기 때문에 나는 꼬치구이만.

『어이, 나는 더 먹을 거다.』

『아니 아니, 줄도 생겼잖아. 너희만 잔뜩 주문하는 것도 미안하다고. 내가 또 만들어줄 테니까 지금은 3인분으로 참아줘. 알았지?』

『흐음, 어쩔 수 없구나. 조만간 꼭 만들어야 한다.』

『네네, 알았어.』

페르와 그런 염화를 나누는 사이에 주문한 음식이 완성된 모양이었다.

"스승님, 여기요."

"고마워. 그럼, 두 사람 열심히 해."

벌집위 토마토 스튜와 꼬치구이를 받아 들고서, 메이너드와 엔조의 포장마차를 뒤로했다.

그리고 언제나처럼 공터를 찾아서 곧바로 맛을 보았다.

『이 국물, 네가 만든 것만은 못하지만 나쁘지 않구나.』

『맞아. 꽤 괜찮네.』

『맛있어. 하지만, 조금 적어.』

3인분씩 주문했는데, 모두에게는 조금 양이 적으려나.

다음은 내장 꼬치구이다.

꼬치에서 빼서 접시에 담아 내어주자 모두 우걱우걱 먹기 시작했다.

어디, 나도.

씹을수록 주르륵 넘쳐나오는 내장 기름.

메이너드와 엔조가 만들었다고 하는 '궁극의 양념'은 소금을 기본으로 한 양념이었다.

레몬그라스와 비슷한 허브를 썼는지, 그와 비슷한 상쾌한 풍미가 훅 콧속을 빠져나왔다.

"호오, 꽤 맛있잖아. 기름기가 많은 내장도 이 맛이라면 얼마든지 먹을 수 있겠어."

역시 두 사람 모두 요리사를 지망하고 있는 만큼 잘하는걸.

『그런대로 먹을 만했다. 그 꼬맹이 녀석들도 제법 하는구나.』

『그 말대로야. 그다지 기대하지 않았는데, 의외로 괜찮았어.』

『맛있었어.』

우리 미식가 먹보들의 평가도 좋았다.

"이거라면 메이너드와 엔조네 포장마차, 상위 입상도 가능할 것 같네."

살짝 가르침을 준 몸으로써, 두 사람에게는 열심히 해줬으면 하는 바였다.

『좋아, 다음으로 가자.』

『그래.』

『고기, 고기~.』

"제법 돌았는데, 아직 더 먹을 거야?"

『당연하다.』

『아직 더 먹을 수 있어!』

『스이, 더 많이 먹을 거야~.』

다시 포장마차 거리로 돌진하는 먹보 트리오.

"하아, 대단한 식욕이네."

나는 어이없어하면서도 모두의 뒤를 쫓았다.

결국 이날은 서른 개에 가까운 포장마차를 돌았다.

페르와 드라 짱과 스이는 고기 요리를 엄청나게 먹어댔다.

고기 고기 고기, 고기에 푹 빠져서 마지막에 페르와 드라 짱은 빵빵하게 부른 배로 만족스러운 얼굴을 하고 있었다.

언뜻 별 다를 바 없어 보이는 스이도, 돌아오는 길에는 평소의 위치인 가죽 가방 안에서 만족스럽게 쿨쿨 잤다.

『오늘은 잘 먹었다. 역시 고기는 좋구나. 내일도 먹겠다.』

『좋아. 내일도 배부르게 고기를 먹자고!』

『흠냐흠냐…… 고기~…………..』

오늘 그렇게나 먹었으니까 이제 만족했다고 하려나 싶었는데, 우리 먹보 트리오는 아직 더 먹을 마음으로 가득했다.

내일도 고기 던전 축제의 포장마차 순회인가.

끄윽…… 아무래도 나는 내일, 고기는 더 못 먹을 것 같아.

고기 던전 축제 셋째 날.

마지막 날인 오늘도 포장마차 거리는 아침부터 사람들로 넘쳐나 대성황이었다.

『좋아, 오늘도 먹고 먹고 또 먹을 테다.』

『오옷, 오늘도 고기 파티다!』

『오늘도 고기 많이 먹을래~.』

우리 육식계 먹보들은 오늘도 아침부터 먹어댈 마음으로 가득했다.

어제에 이어서 오늘도 페르와 드라 짱과 스이를 데리고 포장마차 순회.

그런데, 사실 오늘 아침 일찍 상인 길드에서 직원분이 찾아와서는 어떻게 포장마차를 다시 열어줄 수는 없겠느냐는 이야기를 했었다.

글쎄 내 포장마차에서 팔았던 핫도그가 소문이 나서 상인 길드에 문의가 많이 들어왔다고 한다.

직원분이 어떻게 좀 안 되겠느냐며 몇 번이고 부탁을 했지만, 첫날 말고는 포장마차를 할 마음이 없었기 때문에 유감스럽게도 전혀 준비가 되어 있지 않았다.

가장 중요한 소시지를 첫날 다 써버리기도 했고.

고아원에서 만들어준 쿠페 빵은 어느 정도 남아 있지만, 빵만 있어서는 뭘 어쩔 수도 없다.

소시지를 만든다고 해도 나름대로 시간이 걸리고…….

미안하지만 이건 거절했다.

거절한 건, 포장마차 순회를 하고 싶어 하는 페르가 내 뒤에서 노려보며 『거절해라』라고 몇 번이고 염화를 보냈기 때문이 아니다.

…………아마도.

아무튼, 준비를 안 해서 불가능하다고 거절했다.

직원분은 아쉬워하며 기운 없는 모습으로 돌아갔는데, 이것만큼은 어쩔 수가 없다.

그런 일이 있었다는 것을 아는 페르가 특히 의욕을 내는 것처럼 보이는 건 기분 탓이 아니겠지?

어제 점찍어 두었던 포장마차가 있다느니 어쩌느니 하고 있고 말이야.

그나저나…….

"어제도 속이 더부룩할 만큼 고기만 먹었으면서, 용케 질리지도 않는구나."

내가 그렇게 중얼거린 말이 귀 밝은 페르에게는 확실하게 들린 모양이었다.

『질릴 리가 없지 않느냐. 고기는 맛있다.』

『당연한 말을 왜 하는 거야? 페르. 게다가 이 녀석을 따라오고 나서 안 건데, 인간이 만드는 고기 요리는 다양한 맛을 즐길 수 있어서 좋아. 전혀 질리지 않는다고.』

『드라의 말대로다. 인간은 어리석은 짓을 하지만 요리에 관해서만은 인정해줄 수 있다.』

『그렇지?』

"정말이지. 페르도 드라 짱도 뭘 그렇게 잘난 듯이 말하는 거야."

『잘난 듯이가 아니다. 나는 잘났다.』

『맞아, 맞아. 왜냐면, 우리는 강하니까.』

어째선지 쓸데없이 우쭐한 얼굴을 하는 페르와 드라 짱의 모습에 어이없어하고 있으려니, 스이에게서 염화가.

『저기, 저기, 주인. 얼른 고기 먹으러 가자.』

"아, 그렇지. 그래, 가자."

정말이지 순한 건 스이뿐이라니까.

『어제 내가 점찍어 두었던 포장마차가 있다. 우선 거기로 가자.』

"네네."

목표로 삼은 가게를 향해 의기양양하게 나아가는 페르의 뒤를 따랐다.

그리고 도착한 곳은, 포장마차 거리 중앙에 가까운 자리에 있는 포장마차였다.

던전 돼지 꼬치구이 가게인 듯했다.

꼬치에 꿰어 적당히 노릇노릇하게 구워진 것은, 두툼하게 잘린 보기에도 촉촉해 보이는 던전 돼지의 삼겹살.

껍질, 살코기, 비계가 아름답게 세 겹을 이루고 있어, 이것이야 말로 돼지고기라는 느낌을 주었다.

그 삼겹살에서 뚝뚝 기름이 떨어져서 무어라 말하기 어려운 고소한 냄새를 피우고 있었다.

거기에 곧바로 암염을 강판에 갈면서 뿌리는 주인.

꿀꺽――.

어제는 '내일 고기는 더 못 먹을 것 같아'라는 생각을 했었는데, 이건 못 참겠다.

"형씨, 꼭 좀 사 가라고."

40대가 될까 말까 한 온후해 보이는 가게 주인이 말을 걸어왔다.

"간은 소금으로만 한 건가요?"

"그래. 맞아. 하지만 말이지. 이 던전 돼지 고기도 소금도 내 혀와 눈으로 확실하게 맛을 봤거든. 맛있다고~."

간은 단순하게 소금뿐이라니, 잘 노렸네.

다른 꼬치구이 가게는 양념을 궁리해서 공을 들였는데.

이건 눈썰미에 상당한 자신이 있는 게 분명하다.

『어이, 어서 사라.』

『네네, 몇 개?』

『이건 꽤 맛있어 보이니 말이다. 일단 서른 개다.』

『드라 짱이랑 스이는?』

『나는, 으음, 이다음도 있으니까 일단 열 개려나.』

『스이는 있지, 페르 아저씨랑 똑같이 서른 개 먹을래.』

모두의 몫으로 일흔 개인가.

이 가게 주인 상당히 자신이 있어 보이는 게 나도 꼭 먹어보고 싶으니까 내 몫으로 한 개 추가해야지.

"저기요, 일흔한 개 주세요."

"오오, 꽤 많은걸."

"하핫, 맛에 깐깐한 우리 사역마들 거예요."

"감사합니다."

돈을 내고 맛있게 구워진 던전 돼지 꼬치구이를 받아 들었다.

바로 공터로 이동했고, 다 함께 고기를 덥석 먹었다.

"맛있어."

단순하게 소금으로만 간을 했는데, 그게 오히려 던전 돼지 고기가 가진 본래의 감칠맛을 충분하게 살려주었다.

그 소금도 어디 암염인지 물어보지는 못했지만, 너무 짜지 않은 부드러운 맛이 이 고기와 잘 어울려서 던전 돼지의 감칠맛을 더욱 돋보이게 했다.

『그래, 내가 점찍어둔 곳답다.』

『이거 맛있잖아!』

『맛있어!』

페르와 드라 짱과 스이도 맛이 있는지, 다들 날름 비워버렸다.

『좋다. 다음으로 가자.』

『오옷. 다음은 저 가게로 하자!』

『고기 더 먹을래!』

먹보 트리오는 처음부터 맛있는 꼬치구이를 먹고 시동이 걸렸는지, 곧바로 다음 포장마차로 향했다.

◇ ◇ ◇ ◇ ◇

"후우~ 이래저래 오늘도 이것저것 먹었네."

역시 보고 냄새를 맡았더니, 고기는 이제 그만 됐어라는 기분도 날아가 버려서 나도 모르게 말이지.

『그래. 이 축제는 참으로 좋다. 오늘로 끝이란 게 유감이다.』

『다양한 고기를 배 터지게 먹었지. 더 하면 좋을 텐데.』

『내일도 모레도 계속 여러 고기를 먹을 수 있으면 좋을 텐데~.』

페르와 드라 짱과 스이는 고기 던전 축제가 오늘로 끝이라는 것이 참으로 유감스러운 모양이었다.

어제도 오늘도 고기에 푹 빠져서 다들 충분히 즐겼지.

우리는 이 고기 던전 축제의 메인이벤트라고도 할 수 있는 '맛있는 포장마차 베스트 5' 발표회장으로 왔다.

큰길가에 생겼던 포장마차 거리의 막다른 곳에 있는 광장이 바로 그곳이었다.

소박한 무대가 만들어져 있었고, 이제나저제나 하고 발표를 기다리는 참가자와 손님이 그 주변을 가득 메웠다.

여기에 오기 전에 빈틈없이 투표도 마쳤다.

그렇게 말해도 투표할 수 있었던 건 인간인 나뿐이었지만.

내가 고른 건 오늘 먹은 단순하게 소금으로만 간을 한 던전 돼지 꼬치구이 가게.

모두의 의견도 들어보았는데, 제각기 취향이 달라서 좀처럼 의견이 모이질 않았다.

결국 내가 선택한 가게도 맛있었다는 이야기가 되었고, 그 가게에 한 표를 던졌다.

메이너드와 엔조 가게도 맛있었지만, 그 뭐냐, 편애는 안 되니까 말이지.

두 사람 모두 미안해. 이걸로 용서받기로 했다.

아무튼 말이지, 여기서 상위에 들면 유명한 가게에 들어갈 수 있는 모양이니, 어떤 가게가 상위에 들어갈지가 기대된다.

이러저러하는 사이에 무대에 오동통한 남자가 올라섰다.

오, 슬슬 시작하는 건가.

"에에, 사회자를 맡게 되었습니다. 상인 길드의 부길드 마스터 라인홀트라고 합니다. 여러분, 잘 부탁드립니다. 올해 고기 던전 축제는 날씨 운도 좋아서 무사히 마지막 날을 맞이할 수 있었습니다만……."

"그런 것보다 빨리 발표하라고!"

무대에 오른 사회자, 상인 길드의 부길드 마스터가 말하고 있으려니 초조해진 손님들에게서 야유가 날아들었다.

야유에 동의하며 "맞아 맞아" 하는 목소리도 여기저기서 들려왔다.

뭐, 이런 때 말이 길어지면 저렇게 되는 법이지.

"어흠. 에에, 고기 던전 축제의 항례인 맛있는 포장마차 상위 다섯 곳의 발표를 고대하고 계신 분이 많은 것 같으니, 바로 발표하도록 하겠습니다. 우선 5위부터 발표하겠습니다. 5위는……, 올해 첫 참가라고 하는 메이너드 씨와 엔조 씨, 젊은 두 사람의 가게입니다!"

발표와 동시에 터져 나오는 환성과 박수.

지, 진짜로……?

상위도 노려볼 수 있을 거라고 말하기는 했지만, 그 두 사람 정말로 입상했잖아.

흥분한 모습의 메이너드와 엔조가 무대로 올라갔다.

"두 사람 한 말씀 하시죠. 우선은 메이너드 씨부터."

"자신은 있었습니다만, 정말로 입상할 수 있을 줄은……. 이것도 다 스승님 덕분입니다! 그리고 투표해준 여러분, 고맙습니다!"

"그럼 다음은 엔조 씨."

"여러분 고맙습니다. 그리고 스승님, 해냈습니다!"

와아아아아아——.

다시 터져 나오는 환성과 박수의 폭풍.

뭐야, 두 사람 모두 기쁜 소리를 해주잖아.

가르친 보람이 있었네.

"이어서 4위는……."

순위가 발표될 때마다 환성과 박수가 일었다.

그리고 제각기 교차하는 희비.

고기 던전 축제의 '맛있는 포장마차 베스트 5' 수상식은 열광 속에 종료되었다.

참고로 5위인 메이너드와 엔조의 가게 외에 1위부터 4위는 전부 페르와 드라 짱과 스이와 함께 포장마차 순회를 하며 입맛을 다셨던 가게였다.

1위는 글쎄 어제 맨 처음으로 갔던, 허브를 쓴 특제 양념을 바른 던전 소 꼬치구이 가게였다.

2위는 특제 소스를 뿌린 던전 돼지 스테이크 가게였고, 3위는 진한 특제 양념을 발라서 구운 코카트리스 꼬치구이 가게, 그리고 4위에는 우리도 표를 준 소금으로만 간을 한 던전 돼지 꼬치구이 가게가 올랐다.

포장마차 순회 중에 들른 가게는 전부 페르와 드라 짱과 스이의 의견을 따라 골랐었다.

그중에 입상한 가게가 전부 들어 있다니.

먹보 트리오의 후각 무시무시하네.

"그럼 이만 돌아갈까?"

우리는 흥분이 가라앉지 않아서 여전히 시끌벅적한 회장을 뒤로했다.

고기 던전 축제——.

다 함께 와자지껄 포장마차 순회를 하며 고기를 마음껏 먹어대는 게 의외로 즐거웠다.

"저기, 내년에 또 오자."

『그래. 내년에도 온다.』

『꼭이야.』

『또 올래~.』

고기 던전 축제도 끝나고, 슬슬 카레리나로 돌아가자는 이야기가 나왔다.

　페르와 드라 짱과 스이, 특히 페르가 "마지막으로 한 번 더 던전에 고기를 사냥하러 가자"라고 주장했지만 말렸다.

　내 아이템 박스니까 들어가기야 하겠지만, 이미 안은 고기 던전산 고기투성이가 되어 있으니까 말이지.

　고기가 너무 많기는 하지만 카레리나의 집에서 기다리고 있을 토니 일가와 앨번 일가, 그리고 타바사를 비롯한 전 모험가들에게 좋은 선물이 될 터다.

　돌아가면 던전 돼지와 던전 소로 맛있는 밥을 만들어서 배불리 먹게 해줘야지.

　내년 고기 던전 축제는 다 함께 오는 것도 괜찮을지 모르겠다.

　그렇게 나는 카레리나로 돌아갈 준비를 시작했다.

　우선은 평소처럼 여행 중에 먹을 음식 준비다.

　우리는 대식가가 모여 있기에, 이 부분의 준비를 제대로 해둘 필요가 있다.

　그때그때 만드는 일도 있긴 하지만 역시 제대로 준비해두는 게 편한 건 틀림없으니까.

　그런고로, 열심히 여행 중에 먹을 밥을 만들어나갔다.

　모두가 좋아하는 닭튀김과 돈카츠, 치킨카츠와 멘치카츠 같은 튀김 요리에 더해 햄버그와 생강구이, 데리야키 치킨에 고기를 듬뿍 넣은 채소볶음 등등, 이제는 기본 메뉴가 된 고기 요리를 모처럼이니 던전산 고기를 써서 만들었다.

이틀에 걸쳐서 어느 정도 준비가 되었을 즈음에, 메이너드와 엔조가 찾아왔다.

"스승님, 정말로, 정말로 감사했습니다."

"감사했습니다."

메이너드도 엔조도 몇 번이고 감사 인사를 했다.

두 사람 모두 괜찮은 성적을 받을 자신은 있었다고 해도, 실제로 상위 5위에 들 거라고는 생각하지 못했다고 한다.

"첫 참가에 5위에 들다니, 정말로 꿈같아요."

"정말이야. 입상한 후로는 여러 가게에서 제의가 들어와서 바빴을 정도고."

사실은 곧장 나를 찾아와 감사 인사를 하고 싶었는데, 고아원으로 여러 가게에서 권유가 밀려드는 바람에 그 대응을 하느라 정신이 없어서 좀처럼 빠져나올 수가 없었다고 한다.

"그야, 첫 참가에 5위 입상이니까. 주변도 기대하고 있는 거 아닐까?"

"그건 기쁜 일이지만, 그렇지?"

"응. 실은……."

메이너드와 엔조의 이야기에 따르면 앞으로는 자신들의 포장마차를 내기로 했다고 한다.

두 사람 모두 고기 던전 축제 전까지는 상위에 오르면 유명한 가게에 들어가서 수업을 겸해 일을 할 생각이었는데, 실제로 직접 포장마차를 내보고서 생각이 바뀐 모양이었다.

"역시 우리가 만들어 팔고 싶은 걸 팔 수 있고, 손님의 반응도 직접 볼 수 있다는 건 매력적이지."

"응. 내가 맛있다고 생각한 걸 팔고, 손님이 기뻐하며 드셔주는 건 엄청 행복했어. 그런 걸 보고 났더니, 다른 데서 일하기보다는 역시 직접 가게를 여는 편이 좋겠다는 생각이 들어서……."

확실히 그건 그렇지.

손님의 반응도 바로 알 수 있고.

무엇보다 남의 가게에서 일하다 보면 그 가게의 메뉴에 있는 음식밖에 못 만드니까, 고용된다면 아무래도 본인 생각대로는 되지 않는 일도 많을 게 틀림없다.

그래서, 여러 가지로 고민해서 원장 선생님에게 상담했다고 한다.

그랬더니…….

"일단은 저희끼리 포장마차를 해보래요. 가게도, 고아원에 있는 목수 지망인 아이들에게 협력을 받으면 어떻게든 되지 않겠냐고 말씀해주셨어요."

고기 던전 축제에서 쓴 포장마차 시설은 상인 길드를 통해서 빌렸던 것이라고 한다.

가진 자금은 적지만 모두의 협력을 받으면 어떻게든 될 것 같기에 본인들의 가게를 내기로 한 모양이었다.

지금이라면 고기 던전 축제에서 5위에 올랐다는 직함도 있으니 번창시킬 자신도 있다며 두 사람 모두 매우 의욕 넘쳤다.

"파는 건 역시 내장 요리로 할 거니?"

"네. 스승님께 배운 내장 요리로 할 예정이에요. 맛있고, 무엇보다 싸게 구할 수 있다는 게 저희로서는 다행스러운 일이니까요."

글쎄, 고아원 출신 모험가들의 협력도 받아서 앞으로도 내장을 저렴하게 구할 수 있게 되었다고 한다.

"내장을 쓰겠다고 한다면, 알고 있을 거라고 생각하지만……."

"내장 종류는 금방 상하니까 신선한 걸 신선할 때 다 써버리라는 거죠?"

"맞아. 그것만큼은 주의하도록 해."

""네.""

"아, 그렇지. 상인 길드 사람한테 이야기를 들었는데요. 스승님 가게도 좋은 평가를 받았다고 하던데요?"

"상인 길드 사람이 『사흘 동안 영업했다면 5위 입상은 틀림없었을 텐데』라고 했었어요."

메이너드와 엔조의 이야기에 따르면, 내 가게는 5위 입상에는 들어가지 못했지만 무려 13위에 올랐다고 한다.

첫 참가에 하루만 영업했는데, 감사한 일이네.

"게다가 소문에 빠른 요리사는 스승님의 요리를 주목하고 있거든요. 이미 따라 하기 시작한 사람도 나왔어요."

"호오~ 벌써? 뭐, 핫도그는 그다지 어렵지 않으니까."

그렇게 말하자 메이너드도 엔조도 어째선지 한숨을 내쉬었다.

"스승님께 이것저것 많이 배워놓고 이런 말을 하긴 뭐하지만, 보통 이런 건 절대 가르쳐주지도 않고 누가 따라 하거나 하면 몸

싸움이 크게 벌어지거든요."

"엔조, 몸싸움이라니 아무리 그래도 과장이 심하잖아. 고작 핫도그라고. 빵도 소시지도 원래부터 있던 거고, 그걸 좀 조합했을 뿐인걸."

이 세계에 재료로 만들 수 있는 게 뭘까 생각해서 핫도그로 정한 거니까.

그야 뭐 모양만큼은 이런 식으로 해주세요 하고 부탁했지만, 쿠페 빵도 고아원에서 만든 거고.

게다가 소시지도 이 마을에는 소시지를 구워서 파는 포장마차 같은 것도 잔뜩 있을 정도니까, 소시지 자체는 그다지 드문 요리도 아니잖아.

"스승님, 무르시네요. 원래부터 있던 걸 가지고 지금까지 없던 조합으로 만들었기 때문에 '핫도그'는 스승님 거라고요. 무엇보다, 고기 던전 축제에서 스승님이 핫도그를 내놓은 건 모두가 아는 사실이니까요. 그러니까 당연히 아무런 양해도 구하지 않고 따라 한 놈한테는 불만을 말하고 그만두게 할 권리도 있어요."

그렇게 역설하는 메이너드.

그런 말을 한들, 핫도그 자체는 내가 원래 있던 세계에 있던 거고 내가 생각해낸 게 전혀 아닌데.

"딱히 불만 같은 걸 말할 생각은 없으니까, 그냥 내버려 둬. 그런 것보다 모두가 절차탁마해서 맛있는 핫도그를 먹을 수 있게 되는 게 훨씬 좋은 일이니까."

그렇게 말했더니 두 사람이 또 한숨을 내쉬었다.

"뭐라고 할까, 스승님답다고 하면 그렇기는 한데요. 필사적으로 이것저것 훔치려고 했던 게 바보 같아졌어요."

"그렇다니까."

두 사람의 본심은, 내가 다양한 요리를 아는 것 같으니 뭐든 상관없이 일단 어떤 요리든 레시피를 훔쳐보자고 생각했었단다.

"아니, 평범하게 물어보면 가르쳐줄 거거든."

"그런 말을 아무렇지 않게 하는 건 스승님뿐이라고요."

"맞아요. 요리사라면 보통은 절대로 가르쳐주지 않는다고요."

"아니, 나는 요리사가 아니니까."

"무슨 소리세요! 요리 실력은 전문가 수준이잖아요!"

"맞아요! 아니, 그 이상이거든요!"

그런 말을 한들 내 경우는 전부 인터넷 슈퍼 덕분이라고 할까.

인터넷 슈퍼에서 구할 수 있는 조미료가 매우 우수한 덕분이라고도 할 수 있다.

"제가 말하는 것도 뭐하지만, 앞으로는 간단히 남에게 레시피를 가르쳐주시면 안 돼요."

메이너드가 그렇게 말하기에 "약속은 못 하지만 선처할게"라고 대답해두었다.

그러자 엔조가…….

"저희한테 가르쳐주신 내장 요리에 관해서는 절대 비밀로 해주셔야 해요! 스승님의 핫도그랑 마찬가지로 소문에 밝은 요리사가 이미 내장 요리를 시험하고 있다는 모양이니까요."

"뭐? 두 사람한테 가르쳐준 벌집위 토마토 스튜도?"

"네. 내장 손질이 잘 안 되는지, 더럽게 맛없는 것밖에 나오지 않는 모양이지만요."

그야 당연하지.

손질을 제대로 하지 않으면 내장은 맛없으니까.

"그런고로, 저희는 스승님께 배운 내장 요리로 승부해볼 셈입니다. 그러니까 절대로 비밀로 부탁드립니다! 절대로요!"

"자, 잠깐, 두 사람 다 얼굴이 너무 가까워! 아니, 알았다고! 절대로 안 가르쳐줄게."

그렇게 대꾸하자 두 사람 모두 안심한 모양이었다.

하지만……

"고아원 아이들은 어쩔 건데?"

내장 손질에는 고아원 아이들이 여럿 참여했는데.

"그 부분은 괜찮습니다. 모두에게 자~~~알 얘기해두었으니까요."

뭔지 잘 모르겠지만 메이너드와 엔조가 히쭉 웃었다. 어이 어이, 무슨 짓을 했는지는 몰라도 그 웃음은 악역 같다고.

"그건 제쳐두고, 우리도 이제 슬슬 돌아가려고 생각하던 참인데……"

"네? 벌써요?"

"메이너드, 놀랄 일이 아니잖아? 원래 나는 이 도시에 사는 게 아니니까."

"그건 그렇지만요……"

"고기 던전의 고기도 잔뜩 구했고, 고기 던전 축제도 충분히 즐졌으니까."

"스승님한테 더 여러 가지를 배우고 싶었는데⋯⋯."

"엔조도 그런 얼굴 하지 마. 두 사람 모두 고기 던전 축제 때 잘 해냈잖아. 괜찮을 거야."

"하지만 그 내장 스튜를 더 맛있게 만들려면 어떻게 하면 좋을지 여러 가지로 묻고 싶었는데."

"무슨 소리를 하는 거야? 그런 건 이제 너희 일이야. 이것저것 시행착오를 해가면서 점점 맛있게 만들어가면 돼. 너희가 개발한 '궁극의 양념'인가 하는 것도 그렇게 만들었지? 그거랑 마찬가지야."

그렇게 말했지만 두 사람은 여전히 불안한 얼굴을 하고 있었다.

"뭘 시무룩한 얼굴을 하고 있어. 내년 고기 던전 축제 때도 올 생각이니까, 그때까지 훨씬 더 맛있게 개량해둬. 기대하고 있을 테니까!"

내 말에 메이너드와 엔조가 서로 얼굴을 마주 보았다.

그리고⋯⋯.

"네!"

"그렇지. 다른 이야기지만, 고아원에 또 빵을 주문하고 싶은데. 전언을 부탁할 수 있을까?"

그 쿠페 빵, 여러모로 쓸 수 있으니까 돌아가기 전에 넉넉하게 준비해두고 싶단 말이지.

"네, 물론이죠. 스승님 덕분에 최근 현저히 줄었던 빵 주문도 조금 늘었어요. 그래서 원장 선생님도 의욕적이시거든요."

두 사람의 이야기에 따르면 내가 만든 핫도그 빵이 고아원에서 만든 거라는 걸 알아낸 요리사한테서 주문이 들어오고 있다고 한다.

"그럼 있지, 내일 저녁에 그쪽으로 갈 테니까, 있는 만큼 다 사고 싶다고 원장 선생님께 전해줄래?"

내 시간 정지 아이템 박스에 보관하면 시간이 아무리 흘러도 곰팡이가 필 걱정도 없으니까 말이지.

"알았습니다. 그나저나 스승님은 통이 크시네요."

"이래 봬도 일단은 S랭크 모험가니까."

대체로 우리 사역마들 덕분이지만.

◇ ◇ ◇ ◇ ◇

고아원에 부탁한 빵을 내일 저녁에 받으러 가면, 모레엔 카레리나로 출발할 수 있으려나.

저녁 식사를 마치고 커피를 마시며 한숨을 돌리면서 그런 생각을 했다.

페르와 드라 짱과 스이로 말하자면…….

『그래, 역시 이 하얀 건 맛있구나.』

『역시 이거라고, 이거! 푸딩 최고~.』

『달콤한 케이크, 전부 맛있어.』

식후의 디저트에 푹 빠져 있다.

실은 내 몫도 사버리고 말았다.

가을 페어를 하고 있었는데, 일본은 가을이 시작됐나 싶어지면

몽블랑이 눈에 띄게 늘어서 무심코 가을의 미각을 맛보고 싶어지게 된다.

커피와 함께 몽블랑을 한 입.

으음, 맛있어.

이 밤 크림이 정말이지 맛있다.

밤의 풍미를 확실하게 남기면서도 너무 달지 않아서 커피와도 잘 어울린다.

몽블랑을 먹으며 모레면 이 도시와도 작별이구나 하고 생각하고 있으려니…….

"어라? 나 뭔가 잊어버린 것 같은데…….."

뭐였더라………… 앗!

생각났다!

신들, 신들이었어!

공물을 바친 지 슬슬 한 달이 되어간다.

지금쯤이면 안달복달하고 있으리라.

자기 전에 모두에게 요청 사항을 들어둘까.

그리고 내일은 저녁에 고아원에 가기 전까지 한가하니까, 그사이에 준비해두기로 하자.

"여러분, 계십니까~?"

그렇게 말을 걸자 허둥지둥하는 여러 발소리가 들려왔다.

『드디어, 드디어…… . 기다렸느니라!』

『기다렸어~.』

『여어, 기다렸다고.』

『……기다렸어.』

『위스키, 위스키다!』

『크읏, 기다렸다고!』

어쩐지 일부 다급해 보이는 분이 계신 듯합니다만.

"그러니까, 오늘은 일단 요청을 들어두는 것뿐입니다. 내일 낮에 준비해서 밤에 드릴 예정이니까요."

『그, 그런 것이냐아아아!』

『닌릴도 참, 바보 같다니까~.』

『맞아. 아니, 애초에 계획성도 없이 받은 걸 마구 먹어댄 게 잘못 아냐?』

『……자업자득.』

『뭐, 그렇게 말하자면 저기 있는 애주가들도 마찬가지지만.』

『젠장…… 반론할 수 없지만, 이 바보 놈과 같은 취급을 받다니 굴욕이다.』

『보름 정도 만에 그 양을 전부 먹어버린 닌릴과 같은 취급 하지 마. 이래 봬도 우리는 버틴 편이라고. 결국 사흘 전에 다 떨어지긴 했지만.』

『…………닌릴 니임.

술고래 애주가 콤비에게마저 '굴욕'이니 '같은 취급 하지 말라' 같은 말을 듣고 있잖아.

『우으으으으. 너희, 시끄럽다! 그게, 그게, 맛있었단 말이다! 어쩔 수 없지 않느냐아아아.』

적반하장이네.

줄곧 유감 여신이라고 생각하기는 했지만, 점점 더 못 써먹게 되어가는 듯한 건 과연 기분 탓일까?

그나저나 그 양을 보름 정도 만에 소비해버린 거냐고.

무섭네.

닌릴 님, 체중은 괜찮은 거야?

『후후후후후, 그게 말이지, 좀 들어봐. 이세계인 군과 만나고서 닌릴 살쪘대. 다행이라고 할 수 있을지 없을지는 모르겠지만, 근신 중에 원래대로 돌아오긴 했어. 그랬는데, 지난 한 달 사이에 또 살쪘다니까. 그것도 전보다 더 쪄서 볼이 빵빵해.』

『응응. 닌릴은 인정하지 않지만 키샤르 말대로 분명 전보다 살쪘어.』

『……뚱보.』

『흐음, 듣고 보니 닌릴은 전보다 포동포동해진 것 같구나.』

『확실히.』

『으으으으으으웃, 너희! 우르르 몰려들어 이 몸한테만 그런 말을 하는구나! 이, 이 몸은 살찌지 않았다! 그, 그야, 아주 조금, 아주 조오오금 체중이 늘었을지도 모르지만, 살찌지는 않았다! 정말이다! 게다가, 루카! 너는 다른 표현도 있을 터인데 이 몸을 뚱보라고?!』

『사실인걸. 봐, 옷 껴 보여.』

『크웃…… 이, 이건, 그, 그, 그, 그러니까, 저기, 그, 그래, 우연, 우연이니라!』

……닌릴 님, 우연이라니.

그 변명은 아무래도 아니라고 봅니다.

"저기요. 이, 일단 닌릴 님은 여신님이라 당뇨병이나 성인병 같은 거랑은 관계가 없을 거라고 봅니다만, 적당히 해주세요."

『아, 알고 있다!』

"그런고로, 여러분에게 요청을 듣겠습니다."

『여기, 여기, 여기, 여기! 이 몸이니라! 평소 순서대로 당연히 이 몸부터니라!』

다른 사람보다 한층 흥분한 닌릴 님.

다른 신들도 반쯤은 포기했는지 『얼른 말하게 하고 입 다물게 하는 게 제일』이라느니 하는 말을 소곤대고 있는 것이 들려왔다.

『인정하고 싶지는 않지만, 전보다 살찌기는 했어도 닌릴은 잠자코만 있으면 절세 미녀인데 말이야. 정말로 유감스러운 아이야.』

『크크큭. 키샤르, 그렇게 절절하게 말하지 말라고. 그게 더 불쌍해 보이잖아.』

『아그니도 그렇게 생각하지 않아?』

『그야, 뭐 그렇지만.』

『닌릴은 못 써먹어. 신계에 있는 신들은 모두 알고 있어.』

잠깐, 잠깐. 닌릴 님, 키샤르 님과 아그니 님과 루카 님한테 심한 말을 듣고 있거든요.

전혀 들리지 않는 모양이지만.

『역시 이 몸은 도라야키는 빼놓을 수 없느니라. 그건 맛있다. 매일 먹어도 질리지 않는다. 그리고 후미야의 케이크다. 그것도 좋다. 다양한 케이크가 있고, 전부 맛있으니 말이다. 그러니 여러 종류의 케이크로 해다오. 그렇지! 또 새로운 게 나왔다면…… 아니, 너, 듣고 있는 것이냐?! 이 몸은 지금 중요한 이야기를 하고 있느니라!』

중요한 이야기라니, 거의 닌릴 님이 먹고 싶은 거 이야기잖아.

이렇다 보니, 닌릴 님이 절세 미녀라는 말을 들어도 상상이 안 된다고.

"네네, 잘 듣고 있으니까 걱정하지 마십시오. 도라야키랑 후미야의 케이크잖아요."

『그래. 새로운 게 나왔으면 그것도다!』

"안다니까요. 신작이 있으면 그것도 사라는 거죠? 남은 건 적당히 골라도 되나요?"

『그래. 아, 당연히 남은 것도 단것이니라! 잘 부탁한다!』

"네네, 압니다."

늘 있는 일이지만, 닌릴 님의 공물은 보고 있는 것만으로도 속이 더부룩해질 만큼 단것투성이가 될 것 같다.

『다음은 나, 키샤르야. 내가 부탁하고 싶은 건, 평소 쓰던 세안제랑 스킨이랑 크림. 그리고 마스크 팩이야. 그리고…….』

키샤르 님의 요청은 평소와 같은 조금 비싼 세안제와 스킨과 크림과 마스크 팩 세트와 얼굴용 미용 제품 중에 뭔가 괜찮은 것이었다.

샴푸&트리트먼트는 지난번에 리필용도 함께 드리기도 해서 아직 괜찮다고 하고, 비누도 여러 개 드려서 괜찮다고 했다.

그렇다 보니 역시 원하는 건 얼굴용 미용 제품이라고 한다.

키샤르 님은 고보습 로션이나, 아무튼 효과가 있을 법한 것을 부탁한다고 했다.

나한테 말해도 잘 모르는데. 그런 느낌이지만 그 부분은 인터넷 슈퍼를 살펴보면서 키샤르 님의 바람에 알맞을 만한 걸 가능한 한 고르는 것밖에는 방법이 없을 듯하다.

키샤르 님의 요청을 듣고, 다음은 아그니 님.

『나는 당연히 맥주야! 평소의 파란색이랑 금색인 건 박스로 부탁해. 다음은, 지난번의 다양한 맥주가 들어 있던 것도 좋았지. 그런 느낌으로 여러 종류가 들어 있는 것도 나쁘지 않겠어.』

다양한 맥주…… 아, 지역 맥주 맛 비교 세트 말인가.

그런 게 좋다면, 지역 맥주 맛 비교 세트는 몇 종류가 있었고, 수입 맥주 맛 비교 세트 같은 것도 있었으니까, 그런 걸 넣기로 할까.

『다음은 맥주랑 어울리는 음식이 있으면 좋겠는데. 그 왜, 얼마 전에 네가 만들었던 내장을 구운 거라든가, 그건 맥주랑 잘 어울릴 것 같던데.』

그렇죠. 곱창구이는 맥주랑 딱 맞습니다.

고기 던전 축제 때 내가 만들었던 핫도그도 맥주와 상성이 좋지.

여행 중에 먹을 음식으로 소시지는 만들지 않았으니까, 겸사겸사 내일 만드는 것도 괜찮을지도.

그 외에도 맥주랑 어울리는 요리로 간단한 걸 몇 가지 만들어서 맥주와 함께 헌상하기로 하자.

『그리고 남은 건 물론 맥주로 해줘. 어떤 맥주로 할지는 네게 맡길 테니까. 맛있는 걸로 부탁한다고!』

처음이었던 지역 맥주 세트가 마음에 드신 것 같으니, 새로운 메이커를 중심으로 고르는 편을 좋아할지도 모르겠는걸.

뭐, 그 부분에서 곤란한 게 생기면 '리큐어 샵 다나카'에 기대기로 하자.

『다음은 나. 나는 역시 아이스크림이 좋아.』

루카 님은 아이스크림이 아주 마음에 드셨는지, 이번 요청도 아이스크림 중심이었다.

자세히 물어보니 다양한 맛의 아이스크림을 먹어보고 싶다고 한다.

지금까지는 후미야의 컵 아이스크림 중심이었으니까, 이번에는 인터넷 슈퍼에서 골라보자.

다음은 조각 케이크도 원한다고 했고, 닌릴 님과 마찬가지로 신작을 희망한다고 했다.

『그리고 밥도 줘. 여행 중에 먹을 음식으로 네가 만든 거, 맛있어 보였어. 그거 전부 줘.』

이, 이런. 계속 보고 있었던 거냐고.

뭐, 여행 중에 먹을 밥은 많이 만들어뒀으니까 루카 님 몫 정도는 드릴 수 있다.

마지막은 당연히 이 둘. 헤파이스토스 님과 바하근 님이다.

『겨우 우리 차례군.』

『우리는 둘이서 다음은 뭐가 좋을지 이것저것 이야기를 했거든. 대략 다 정했다고.』

위스키를 마시며 둘이서 다음은 무얼 부탁할까 하고 이야기꽃을 피웠는지, 요청은 어느 정도 정해져 있는 모양이었다.

『우선은 늘 마시던 세계 제일의 위스키일세. 이건 나도 전쟁의 신도 좋아하니, 한 병씩 부탁하네.』

『그래. 나머지는 우리가 지금까지 마셔본 적 없는 위스키로 부탁해.』

『그래. 다양한 맛을 시험해보고 싶다네. 그리고 가능한 한 많은 종류를 부탁하네.』

그 말은 가격이 비싼 것보다는, 적당한 걸 여러 종류로 달라는 건가.

이쪽도 '리큐어 샵 다나카'에 기대야겠군.

"그럼, 내일 밤에 드리겠습니다."

『그래, 이 몸이 바란 걸 잊어서는 안 되느니라!』

"알고 있습니다. 메모도 해뒀으니까 괜찮다고요."

인터넷 슈퍼에서 구입한 메모지에 모두의 요청을 빠짐없이 적어뒀으니까 문제없다.

『그럼, 기대하고 있을게~.』

『내일 보자!』

『내일 봐.』

『기대하고 있겠네!』

『잘 부탁해!』

이거 내일은 생각보다 바빠질 것 같은걸.

◇ ◇ ◇ ◇ ◇

"후우, 이거면 되려나."

눈앞에는 대량의 소시지가 완성되어 있었다.

아그니 님과 루카 님에게 헌상할 핫도그용이기는 하지만, 어차피 만드는 거니까 우리가 먹을 것까지 넉넉하게 만들어봤다.

핫도그에 넣을 소금 후추로만 간을 한 것과 굵은 흑후추를 듬뿍 넣은 흑후추 풍미, 그리고 허브 레몬 풍미인 것까지.

하는 김에 다진 고기도 저장용으로 잔뜩 만들었기 때문에, 언제든 다진 고기 요리도 만들 수 있다.

다진 고기는 여러모로 쓸 수 있거든. 고기 소보로, 채소 볶음, 멘치카츠…… 아, 다음엔 미트볼 같은 걸 만들어보는 것도 괜찮을지 모르겠다.

나는 기름에 튀겨서 겉은 바삭하고 안은 촉촉한 미트볼을 좋아하는데, 한 번 기름에 튀겨야 하기 때문에 조금 귀찮아서 지금까지는 만들지 않았었다.

다음에 시간이 있을 때 만들어볼까.

넉넉하게 만들어서 저장해두는 것도 괜찮고.

떠올리고 났더니 왠지 먹고 싶어졌다.

좋아, 다음에 시간이 생기면 만들자.

이런, 그건 일단 제쳐두고. 아그니 님과 루카 님의 핫도그를 만들어야지.

이번에는 오븐을 써서 생소시지를 구워보았다.

만드는 동안 동시 진행으로 이미 오븐에 넣어두었으니까, 이제 슬슬 다 구워졌을 타이밍이다.

대량의 소시지를 아이템 박스에 넣어두고서 오븐을 살펴보았다.

"응, 잘 구워졌네."

소시지를 오븐에서 꺼내려니…….

페르와 드라 짱과 스이가 내 뒤에 줄줄이 모여 있었다.

"…………"

페르, 무표정한 척을 하고 있지만 침 떨어지고 있거든.

드라 짱도 파닥파닥 날갯짓하며 소시지를 뚫어져라 보고 있고.

스이도 어쩐지 이쪽을 보면서 푸들푸들 떨며 먹고 싶어 하는 기색을 내뿜고 있다.

"이거, 너희 줄 거 아니야. 신에게 공물로 바치기 위한 거거든."

『뭐라?!』

『못 먹는 거야?!』

『못 먹어?』

"아니, 다들 아침밥 배부르게 먹었잖아?"

『그건 그거, 이건 이거다.』

『그렇다고. 살짝 출출해질 시간이기도 하고.』

『먹고 싶은데…….』

페르와 드라 짱은 몰라도, 스이, 그런 슬픈 목소리로 말하지 말아줘.

"아무튼, 이건 신들께 바칠 공물이니까 안 돼."

그렇게 말하고 아그니 님과 루카 님께 헌상할 핫도그를 만들기 시작했다.

인터넷 슈퍼에서 산 핫도그용 빵 사이에 오븐으로 구운 소시지를 끼워 넣고 케첩과 홀 그레인 머스터드를 듬뿍 뿌려 완성.

고기 던전 축제에서 팔았던 핫도그를 의식해서 일부러 소시지만 넣어 단순하게 만들어보았다.

넉넉하게 다섯 개씩 준비했으니까, 이걸로 충분하겠지?

"그래서, 너희 왜 아직도 있는 건데?"

『맛있는 고기 냄새가 나서 떠날 수가 없다.』

『맞아, 맞아. 우리도 먹게 해줘!』

『주인, 먹고 싶어.』

정말이지, 어쩔 수 없네.

"많이는 못 줘. 간식이 될 정도만이야."

『으음.』

『쳇, 할 수 없지.』

『만세.』

나는 다시 오븐에 소시지를 넣어 구운 다음, 페르와 드라 짱과 스이에게 핫도그를 각자 열 개씩 만들어주었다.

당연하게도, 다들 열 개쯤은 순식간에 먹어버렸다.

그 후의 점심밥도 다들 평소 양대로 잔뜩 먹었다.

이 먹보 트리오는 대체 어떤 위를 갖고 있는 거람.

◇ ◇ ◇ ◇ ◇ ◇

점심 이후 시간은 신들에게 요청받은 물건을 구입하는 데 썼다.

메모를 봐가며 이것저것 골라서 구입한 물건은 각자 신별로 나눠서 종이 상자에 넣어두었다.

상당히 진지하게 골랐으니까 만족해주지 않을까 생각한다.

나로서는 그다지 보지 않던 인터넷 슈퍼의 메뉴라든가, 지금껏 눈치채지 못했던 물건도 볼 수 있다 보니 의외로 재밌었다.

뭐, 그 탓에 이런 것도 있었어? 라며 나도 갖고 싶어져서 무심코 내 물건까지 사버렸지만.

키샤르 님을 위한 화장품 등의 미용 관련 제품을 보다가 남성 화장품 메뉴를 발견했는데, 요즘 들어 뺨이 거칠어져서 무심코 내가 쓸 크림을 사고 말았다.

외부 상점인 리큐어 샵 다나카에서 신작 캔 추하이 광고를 보고, 그러고 보니 이쪽에 오고 나서 추하이를 안 마셨구나 생각했더니 마시고 싶어졌다. 그런 와중에 그 신작 캔 추하이와 S사의 캔 추하이를 메이커별로 열 종류의 맛을 세트로 만들어놓은 것이 있기에 그것을 무심코 클릭해버렸다.

그렇게 이래저래 즐기면서 신들의 공물을 준비했더니, 고아원에 빵을 가지러 갈 때가 되었다.

"어이, 다들. 지금부터 고아원에 주문한 빵을 가지러 갈 건데, 너희는 어쩔래? 같이 갈래? 남아서 집 볼래?"

고아원 위치는 알고 있고, 그다지 위험한 곳을 지나가는 것도
아니니까 혼자 가도 괜찮을 테지.

『한가하니 같이 가겠다. 맛있어 보이는 포장마차가 있을지도
모르고.』

『그렇지. 당연히 나도 갈 거야.』

『스이도 갈래~.』

윽, 포장마차를 노린 거야.

정말이지, 어쩔 수 없는 녀석들이라니까.

결국 고아원으로 향하는 도중에 모두의 레이더에 걸린 포장마
차 세 곳에 들러야만 했다.

뭐, 전부 맛있었고 카레리나의 집에 있는 모두에게 줄 선물로
도 좋고 여행 도중에 먹는 것도 괜찮겠다 싶어서 나도 대량 구입
했으니까 불만은 말할 수 없지만.

그렇게 샛길로 빠지기도 하면서 고아원에 도착.

"안녕하세요~."

인사를 하고 부지 안으로 들어가자, 이미 아는 사이가 된 나를
아이들이 곧장 원장 선생님께로 안내해주었다.

"무코다 씨, 기다리고 있었습니다."

원장 선생님이 반가워하며 맞아주었다.

"부탁드렸던 빵은 준비가 됐을까요?"

"네, 물론이죠. 무코다 씨의 주문이라며 모두 아침부터 열심히
빵을 구웠답니다. 여기 있습니다."

안내받은 작업대 위에는 잘 구워진 쿠페 빵이 놓여 있었다.

"오오, 많네요. 고맙습니다. 그럼, 이걸 전부 가져가겠습니다."

고기 던전 축제 때 주문했던 것보다도 많을 정도다.

쿠페 빵을 아이템 박스에 넣고, 어제 미리 준비해두었던 자루를 건넸다.

"영차. 그럼 여기, 대금입니다."

원장 선생님 앞에 마대를 쿵 내려놓았다.

안에는 정확하게 금화 200닢이 들어 있다.

정말 무거워 보이는 마대를 보고서 당황스러워하는 기색의 원장 선생님.

"저기, 그, 빵 대금과 그리고 나머지는 제 마음입니다."

원장 선생님이 마대 안을 들여다보고는 눈을 크게 떴다.

"무코다 씨, 이건………."

"여기 고아원도 상당히 낡은 것 같아 보이니까, 재건축에 보태 쓰거나 해주세요."

"정말로 감사한 말씀이지만, 그렇다고 해도 너무 많습니다. 이 건물을 다시 짓고도 남을 정도예요."

어라? 그런 거야?

이 정도 있으면 조금은 보탬이 될 거라고 생각했는데, 너무 많았던 건가.

하지만 그래도…….

"남으면, 아이들을 위해서 써주세요."

"그렇지만……."

"이 도시에서 즐거운 추억을 쌓게 해줬고, 이곳 아이들한테도 이런저런 도움을 받았으니까요. 제 마음입니다. 저도 일단은 S랭크 모험가라, 이 정도는 괜찮습니다. 사양 말고 써주세요."

"무코다 씨……. 고맙습니다. 소중하게 쓰도록 하겠습니다."

"그럼, 이만 슬슬 돌아가겠습니다. ……그렇지. 메이너드와 엔조가 둘이서 포장마차를 시작하는 모양이던데, 예산이 부족하거나 하면 조금만 협력해주세요. 그리고 『내년에도 이곳에 올 테니까 정진해』라고도 전해주시고요."

내가 그렇게 말하자 웃음을 지은 원장 선생님에게서 "두 사람에게 확실하게 전해두겠습니다"라는 답이 돌아왔다.

페르와 드라 짱과 스이를 데리고서 고아원을 나올 때는, 원장 선생님을 비롯해 수녀님 전원이 나를 향해 기도하듯이 손을 맞대고 고개를 숙이고 있었다.

깊은 감사의 마음이 전해져 와서, 위선이라는 말을 들을지도 모르지만 기부라는 것도 나쁘지는 않구나 하고 생각했다.

뭐, 그것도 나에게 여유가 있기 때문일 테지만.

『그래, 끝났구나. 포장마차 순회를 하자.』

"뭐? 그런 얘기는 한 적 없잖아?"

『내일이면 이 도시를 떠난다고 하지 않았느냐? 마지막 식사다.』

『오, 그거 좋은걸!』

『만세! 고기~!』

『좋다. 가자!』

페르의 그 외침과 함께 먼저 달려나가는 먹보 트리오.

"아앗, 기다려! 돈이 없으면 못 먹으니까 날 두고 가지 말라고!"

나는 서둘러서 포장마차가 늘어선 길을 향해 급하게 달려가는 페르 일행의 뒤를 따랐다.

결국 이날은, 이 도시의 포장마차에서 하는 마지막 식사라며 페르도 드라 짱도 스이도 늘어선 포장마차를 전부 들를 기세로 먹어댔다.

나로서는 모두의 저녁 식사를 준비하지 않아도 되었기 때문에 러키였지만.

그리고, 이것저것 포장마차의 음식을 대량으로 구입해서 선물도 늘어난지라 나도 대만족이었다.

"여러분, 오래 기다리셨습니다."

그렇게 말을 꺼내자 소란스러운 목소리와 발소리가 들려왔다.

『기다리다 지쳤느니라! 어서 어서, 이 몸의 단것을! 단것!!』

잠깐 잠깐 잠깐, 닌릴 님, 너무 흥분했잖아요.

『좀 진정해. 닌릴.』

『그렇다고, 정말이지.』

『……바보.』

『저리는 되고 싶지 않구나.』

『그러게.』

다들 질려 하고 있잖아.

정말이지 진짜 유감스러운 여신님이라니까.

"저기, 그럼 차례대로 보낼 테니 받아주십시오. 그럼 우선은 닌릴 님 몫입니다."

닌릴 님의 종이 상자를 꺼내놓았다.

안에는 당연히 닌릴 님이 바라셨던, 좋아하는 도라야키와 케이크가 가득 들어 있다.

신작 케이크를 원한다고 하셨는데, 마침 가을 페어와 핼러윈 페어를 하고 있었기 때문에 거기에서 골라보았다.

가을의 미각이라고 하면 바로 밤인지라, 호사스럽게도 3종류의 마롱 크림을 쓴 신작 몽블랑과 밤을 아낌없이 넣은 밤 롤케이크, 그 외에도 국산 사과를 쓴 애플파이와 사과를 하나 통째로 쓴 사과 케이크에 서양 배를 듬뿍 넣은 타르트 등을 준비했다.

희미하게 달콤한 향기가 감도는 그것들은, 꺼내놓자마자 옅은 빛과 함께 사라졌다.

"빨라……."

『으아아아아아아아앙, 오랜만의 이세계 단맛이니라. 훌쩍, 드디어, 드디어, 먹을 수 있느니라! 고마워!』

…………울고 있잖아.

그렇게 울 정도로 참았던 거라면, 한꺼번에 다 먹지 말고 계획적으로 먹으라고.

『잠깐, 닌릴. 여기서 먹을 생각 하지 마. 칠칠치 못해 보여.』

『시끄러워. 줄곧 고대해왔던 단맛이 손에 들어왔으니까 지금 당장 먹겠느니라!』

『우와아, 닌릴 녀석 양손에 들고 먹고 있어.』

179

『입 주변이 크림 범벅. 더러워.』

『어이어이, 너희 여신 동료가 아니냐. 저 녀석을 어떻게 좀 해 보아라.』

『그 말대로야. 저 모습은 아무래도 질린다고.』

『그런 거 우리도 몰라.』

키샤르 님도 아그니 님도 루카 님도 아무래도 어쩔 수 없다는 취급을 하고 있다는 건 알았지만, 애주가 콤비에게도 심한 말을 듣고 있잖아.

『아아, 정말. 닌릴은 내버려 두고, 다음이야 다음. 이세계인 군.』

"괘, 괜찮은 겁니까?"

『괜찮을 거야. 당신한테 받은 케이크인가 하는 과자를 걸신들린 것처럼 먹고 있을 뿐이니까. 조만간 만족하겠지.』

어찌 됐든 여신님인데 케이크를 걸신들린 것처럼 먹다니…….

『으아아아아아아앙, 오랜만에 먹는 도라야키도 케이크도 맛있느니라아아아.』

……응, 긁어 부스럼 만들지 말고 내버려 두자.

"저기, 그럼 진행할까요? 다음은 키샤르 님이시죠?"

키샤르 님의 종이 상자를 꺼내두었다.

당연히 내용물은 미용 제품이다.

키샤르 님의 요청이었던, 애용하는 살짝 비싼 스킨 케어 세트.

그리고 얼굴용 미용 제품이라고 하셔서, 미용 성분이 듬뿍 들어간 프리미엄 제품을 골라보았다.

그런 만큼 가격도 프리미엄이었지만.

하나는 피부 본래의 아름다움을 끌어내서 매끄럽고 탱탱한 피부로 만들어주는 로션.

가격은 무려 금화 한 닢에 은화 네 닢이나 했다.

이 비싼 가격에도 불구하고, 그 효과로 인기 있는 로션이라고 한다.

또 하나는 추천 제품이라던 미용 오일이다.

엄선된 다섯 종류의 천연 식물 오일 성분을 블렌드한 발림성이 가벼운 미용 오일로, 윤기 있고 촉촉한 부드러운 피부로 만들어준다고 한다.

잘 스며들며 얼굴은 물론이고 머리카락과 몸에도 쓸 수 있다는 모양이다.

글쎄 요즘 여성 사이에서는 미용 오일이 유행하고 있기도 해서, 지금 가장 추천하는 상품이라고 되어 있었다.

이 미용 오일의 가격도 금화 한 닢에 은화 네 닢.

역시 미용 제품이라는 건 가격이 나가는구나.

뭐, 이거라면 키샤르 님도 만족해주지 않을까 싶다.

종이 상자가 사라진 다음에 키샤르 님에게 프리미엄 로션과 미용 오일에 관해 설명했더니, 몹시 관심을 보였다.

『효과가 좋은 로션과 지금 가장 추천하는 미용 오일이라고?! 고마워, 이세계인 군. 후후후후후, 양쪽 다 효과가 기대되는걸. 그런데 이 미용 오일, 이건 어떻게 쓰는 거야?』

"잠시만 기다려주세요."

인터넷 슈퍼에서 봤을 때 분명 사용법이 상품 설명 부분에 실려 있었는데…….

확인해보니, 사용법이 적혀 있었다.

"저기, 그러니까, 오일은 사용법이 몇 가지 있나 봅니다. 우선 첫 번째로 세안 후에 바로 쓰면 피부가 부드러워져서 스킨 침투를 도와준다고 하네요. 그리고 스킨, 로션을 바르고 손질 마지막 단계에서 크림 대신에 오일을 쓰는 것도 좋고, 스킨이나 크림에 섞어서 쓰면 보습력이 높아진다고 쓰여 있습니다. 다음은, 마사지 크림 대신으로 써도 좋은가 봅니다. 전부 한 번 펌핑한 양을 기본으로 하고, 그때그때의 피부 상태에 따라서 사용법과 양을 조절해주십시오, 라고 쓰여 있습니다."

『호오~ 다양하게 쓸 수 있는 거구나. 이건 바로 오늘부터 여러 가지로 써보고 효과를 시험해봐야겠네. 기대된다~.』

『키샤르, 이제 됐지? 그만 뒤로 가.』

『정말이지, 아그니는 성격이 급하다니까.』

안달이 난 아그니 님의 등장이다.

『다음은 나다. 얼른 줘.』

"네네, 아그니 님이시죠?"

아그니 님의 종이 상자를 꺼내놓았다.

내용물은 물론 맥주다.

원하신 대로 파란색 캔인 S사의 프리미엄 맥주와 금색 캔인 Y 비스 맥주. 그리고 그 외의 맥주 모둠을 두 세트 정도 골라보았다.

그 외에도 수입 맥주 모둠과 흑맥주, 신상품 맥주, 다양하게 담아두었으니 맥주를 좋아하는 아그니 님께서도 만족해주시리라

본다.

그리고 맥주에 어울리는 음식도 함께 원한다고 하셨기 때문에, 아그니 님이 원한 곱창구이와 핫도그, 그리고 여행 중에 먹으려고 만들어둔 것 중에서 튀김을 몇 종류 적당히 골랐다.

『오옷, 이거 맛있어 보이는데! 고맙다! 돌아가면 바로 이것과 함께 한잔해야겠어!』

이렇게 말하면 뭐하지만, 아그니 님은 아저씨 같아.

만나본 적은 없지만, 어디 사는 아저씨처럼 곱창구이니 튀김을 우걱우걱 먹고 맥주를 호쾌하게 꿀꺽꿀꺽 마시는 모습이 눈앞에 떠오를 것만 같다고.

『다음은 나.』

오, 루카 님이구나.

루카 님 몫은, 이거지.

루카 님 몫의 종이 상자를 다 꺼내놓자 곧바로 사라졌다.

내용물은 아이스크림과 케이크.

늘 사던 대로 후미야의 컵 아이스크림에 더해 이번에는 인터넷 슈퍼에서도 이것저것 골라보았다.

조금 비싼 미국 아이스크림 브랜드의 아이스크림과 서민적인 저렴한 가격의 아이스크림까지, 다양하게 담았다.

케이크도 닌릴 님과 마찬가지로 후미야의 신작을 중심으로 골라보았다.

그리고 다음은 밥인데, 내가 여행 중에 먹으려고 만들어둔 것을 전 종류 담아두었다.

아, 낮에 만든 핫도그도.

『아이스크림 많아. 케이크도 많아. 밥도 많아. 기뻐. 고마워.』

루카 님의 목소리가 왠지 밝아진 것처럼 들리는 걸 보니, 기뻐해 주고 계시나 보다.

다행이다, 다행이야.

『좋아, 마지막은 우리일세!』

『냉큼 와라!』

뭐가 냉큼 와라! 인데? 정말이지.

애주가 콤비인 헤파이스토스 님과 바하근 님 몫의 종이 상자를 꺼내놓았다.

위스키 병이 담긴 종이 상자는 꽤 무거웠다.

늘 사는 국산 메이커 세계 제일의 위스키와 가능한 한 여러 종류의 위스키라는 요청을 받았기에, 아무튼 여러 가지로 담아보았다.

일본산 위스키, 스카치위스키, 아이리시 위스키, 아메리칸 위스키, 캐나디안 위스키, 적당한 가격인 것들을 중심으로 모조리 골라 담았다.

"영차. 이걸로 마지막입니다. 무거우니까 조심해주세요."

『알았네.』

헤파이스토스 님의 그 말과 함께 무거운 종이 상자가 사라졌다.

『야호! 우리 주문대로 다양하게 들어 있군그래. 감사하네.』

『되도록 다양한 종류라고 부탁했으니까. 그나저나 이 정도 있으면 마시는 보람이 있겠어. 고마워!』

『그럼, 지금부터 마셔보세, 전쟁의 신!』

『바라던 바라고, 대장장이 신!』

우당탕탕 하는 발소리가 들려왔다.

…………

어, 바로 마시러 간 거야?

"저기……."

『다음은 뭘로 할까~. 그래, 이 케이크니라!』

『……다들 돌아갔어. 닌릴만 여기서 케이크 먹고 있어. 나도 집에 돌아가서 아이스크림 먹을 거야. 그럼, 또 봐.』

"아, 루카 님. 네."

…………철수가 빠르잖아.

정말이지. 원하던 걸 구한 기쁨에 넘쳐서 집으로 돌아가는 어린애냐고.

약 1명 그 자리에서 손을 댄 사람도 있으니까, 그보다는 낫다고 해야 하나.

"뭐, 일단 공물 바치기 완료라는 걸로. 내일은 일찌감치 여길 떠날 예정이니까 얼른 자자, 자."

◇ ◇ ◇ ◇ ◇

로센달을 떠나기 전에 상인 길드에 들러서 빌렸던 집의 열쇠 반납과 집세 정산을 했다.

그리고 모험가 길드에도 들러서 길드 마스터인 쟌니노 씨에게 인사를 했는데, 몇 번이고 감사 인사를 받았다.

의뢰이기는 했지만, 상당한 양의 던전 돼지와 던전 소 상위종 고기를 살 수 있었으니까.

우리도 그 이상으로 대량의 맛있는 고기를 확보할 수 있었으니까 만만세지만.

그리고 도시의 문으로 향하자, 거기에는······.

"형, 늦잖아!"

고기 던전 1계층에서 알게 된 루이스와 그 파티 멤버, 일을 도와주러 왔던 고아원 아이들, 그리고 나를 스승님이라고 부르는 요리사 콤비인 메이너드와 엔조가 배웅을 나와주었다.

"뭐야? 너희들 배웅하러 와준 거야?"

"뭐, 형한테는 신세를 졌으니까."

"스승님을 배웅하는 건 제자로서 당연한 일입니다."

"그럼, 그럼."

뭔가 간질간질한 기분이기는 하지만, 기쁜걸.

"형, 또 우리 도시에 와줄 거지?"

"그럼, 물론이지. 내년 고기 던전 축제에 맞춰서 또 올 생각이야."

"그렇구나. 형이 좋은 무기도 만들어줬으니까, 내년에 만날 때까지는 훨씬 더 강해져 있을 거야!"

"맞아. 지금보다 마물을 더 쓰러뜨리고, 고기를 더 구할 수 있게 될 거라고!"

"오오!"

모험가 팀인 루이스를 비롯한 파티 멤버들은 새 마음으로 의욕에 넘쳤다.

"의욕이 있는 건 좋지만, 어쨌든 다치지 않도록 조심해야 한다."

"당연하지! 그 부분은 우리도 생각하고 있어."

"그래. 연계 연습도 하고 있는걸. 다들, 그렇지?"

"""""맞아."""""

"그렇구나. 모두 열심히 해. 그렇지. 다음에 여기 올 때는 모두가 사냥해서 구한 고기로 요리를 해줄게."

그렇게 말하자 모두 "만세" 하고 환성을 질렀다.

"스승님, 저희도 스승님한테 받은 레시피를 소중히 여기면서 노력하겠습니다."

"원장 선생님께 들었어요. 스승님 덕분에 포장마차도 곧 완성될 거예요."

"오, 그거 잘됐네."

메이너드와 엔조의 포장마차도 전망이 섰구나.

정말로 다행이다.

"전부 스승님 덕분입니다."

"정말로 고맙습니다."

"뭐, 이제부터는 너희 노력에 달린 거야. 열심히 해."

""""넵!""""

"다시 만날 때까지, 가르쳐주신 레시피보다 맛있게 만들어두겠습니다!"

"그렇고말고. 그리고 스승님께서 드시고 반드시 탄성을 뱉게 할 거예요!"

"하하하, 그 마음가짐이야. 기대하고 있을게!"

아이들이 나를 보고 있었다.

"그럼, 다들 또 보자!"

"형, 내년에도 꼭 와야 해!"

"스승님, 기다리고 있겠습니다!"

"꼭이에요!"

"그래. 반드시 올게!"

헤어지는 것이 아쉬웠지만, 카레리나를 향해 출발이다.

『페르, 드라 짱, 그럼 갈까?』

『그래.』

『응.』

나는 페르와 드라 짱과 함께 문밖으로 걸음을 옮겼다.

스이는 평소처럼 가죽 가방 안에 있다.

루이스, 메이너드, 엔조, 그리고 고아원 아이들도 나를 향해 손을 흔들었다.

나도 뒤를 돌아보며 손을 흔들었다.

"로센달, 좋은 도시였어."

『그래. 맛있는 게 넘쳐나는 좋은 곳이었다.』

『즐거웠어.』

하지만, 역시 마음 편한 건 카레리나려나.

"카레리나로 돌아가자."

『그래. 서둘러 돌아가자. 그리고 다음에야말로 난관이라는 던전이다.』

커헉…… 페르도 참, 기억하고 있었구나.

『오, 좋은걸! 이웃 나라에 있다는 던전 말이지? 재밌겠네.』

드라 짱도 기억하고 있었구나.

『던전~?』

으앗, 던전이란 말에 스이까지 일어나 나왔어.

"아니, 그러니까, 그건 일단 카레리나에 돌아간 다음에. 응?"

『그렇게 말해놓고 또 미룰 셈일 테지?』

움찔.

『뭐어? 그런 거야?』

"아, 아니, 그렇지는……."

들켰잖아.

어쩌면 좋아. 이거 미룰 수 없겠어.

『사실은 이대로 이웃 나라로 가도 좋겠다 싶지만, 그러면 네가 싫어할 테지.』

"그, 그야 그렇지. 집에서 기다리고 있는 사람들한테는 길어도 3개월 안에 돌아오겠다고 말해뒀으니까."

『그러니까 돌아가 주겠다고 말하고 있는 거다. 하지만, 그 후에는, 알고 있겠지? 으응?』

에에엑…… 이거 안 간다는 선택지는 없는 거잖아.

"……알았습니다. 이웃 나라인 엘만 왕국에 있는 던전에 가겠습니다."

『흥, 알았으면 됐다.』

『야호, 난관 던전이라니! 좀이 쑤시네.』

『던전에 가는 거야? 만세!』

『그렇게 정해졌으면 냉큼 돌아가자. 타라.』

어쩔 수 없네. 알았다고.

페르의 등에 올라타자 곧바로 페르가 달려 나갔다.

"으아아앗, 너무 빠르잖아! 속도를 좀 낮춰줘!"

『너는 몇 번이나 내 등에 탔는 줄 아느냐? 이제 그만 적응해라!』

"나도 조금은 익숙해졌다고 생각했다고! 하지만 이건 너무 빠르잖아! 이 속도는 익숙해지라고 해서 익숙해질 수 있는 게 아니거든!"

『흥, 너는 잠자코 매달려 있어라. 속도를 높이겠다!』

"아니 아니, 속도를 더 높이다니, 그만둬! 잠깐 기다려! 죽는다고! 으아아, 으아아아아아아아앗……!"

"""""어서 와."""""

하루의 일을 마친 메이너드와 엔조가 포장마차를 끌고서 고아원으로 돌아오자, 그 주변으로 작은 아이들이 모여들었다.

"다녀왔어."

"다들, 다녀왔어."

작은 아이들은 두 사람을 둘러싸고 "고기" "고기, 고기" "고기 줘"라며 떠들기 시작했다.

성장기의 아이들은 언제나 배고픈 법이다.

"정말이지, 어쩔 수 없다니까."

말은 그리 하면서도 아이들을 위해 포장마차를 열고 준비를 시작하는 두 사람.

이곳에서 자란 메이너드와 엔조 두 사람에게 있어서, 여기에 있는 모두는 가족이자, 어린아이들은 동생이라 해도 과언이 아니었다.

그리고 배고파하는 이 아이들의 배를 채워주는 일은 두 사람에게 고아원, 한층 더 나아가서는 원장 선생님분들에 대한 자그마한 보답이기도 했다.

식욕이 왕성한 성장기 아이들만 있는 고아원에서 가장 돈이 드는 것은 식비였고, 그것 때문에 원장 선생님을 비롯한 수녀님들은 언제나 골머리를 썩이고 있다는 것을 두 사람 모두 잘 알고 있었다.

"내장이 남았으니까, 꼬치구이를 해줄게. 다들 얌전히 기다려."

내장 토마토 스튜는 이제 두 사람이 운영하는 포장마차의 명물이 되어 매일 다 팔려버리기 때문에, 모두에게 만들어주는 것은 내장 꼬치구이였다.

치익치익 소리를 내면서 구워지는 내장 꼬치구이에서 주르륵 기름이 방울져 떨어졌다.

그리고 주변에는 고기가 구워지는 고소한 냄새가.

그 냄새를 맡은 아이들이 우르르 두 사람의 포장마차 주변으로 몰려들어 왔다.

모두 군침을 흘리며 내장이 구워지기를 이제나저제나 기다리고 있었다.

"오오, 오늘은 제때 왔네."

모여든 아이들의 후방에서 그렇게 큰 소리로 말한 것은 메이너드와 엔조와 비슷한 고아원 고참. 모험가를 목표로 하는 루이스였다.

"뭐야, 루이스네잖아. 오늘은 벌써 던전에서 돌아온 거야?"

"그래. 연계가 잘돼서 순조롭게 사냥이 진행됐거든."

"맞아, 맞아. 오늘 사냥은 성과가 좋았어."

"응. 오늘은 여섯 마리나 잡았거든."

"게다가, 운 좋게 와일드 치킨도 나왔어."

던전에서의 사냥이 상당히 잘 풀렸는지, 모험가를 지망하는 루이스와 파티를 짠 동료들이 차례차례 흥분한 기색으로 그렇게 말했다.

"그랬어? 너희도 성장했구나."

"흥, 당연하지."

엔조의 말에 당연하다고 답하는 루이스.

"형이랑 약속했잖아. 성장하지 않으면 다시 볼 면목이 없다고."

루이스의 그 말에 루이스의 파티 멤버들도 고개를 끄덕였다.

"하핫, 맞네. 오옷, 다 구워졌다."

다 구워졌다는 엔조의 말을 들은 아이들이 "얼른 줘, 얼른 줘!" "고기!" 하며 몰려들었다.

"줄 서, 줄! 제대로 줄 서지 않으면 안 줄 거야! 그리고, 언제나처럼 한 사람당 하나씩이야!"

메이너드가 목소리를 높이자, 아이들이 재빠르게 일렬로 줄을 섰다.

줄을 선 아이들에게 하나씩 곱창 꼬치구이를 주는 메이너드와 엔조.

꼬치구이를 손에 든 아이들은 기뻐하며 곱창 꼬치구이를 먹었다.

여기저기서 "맛있어!" 하고 신나 하는 목소리가 들려왔다.

"오늘은 우리도 받아 간다."

"그래. 받아."

줄의 맨 끝에 있던 루이스 일행에게도 하나씩 건넸다.

"음, 뭔가 전에 먹었을 때보다 맛있어진 듯한 기분인데……."

곱창 꼬치구이를 먹은 루이스의 동료 중 한 명이 그렇게 말했다.

"그래?"

"변함없이 맛있다는 건 알겠는데."

"후후후후, 아는 녀석은 아는 건가."

"그러게."

"뭐야. 뭔가 있는 것처럼 말하네."

"노력하고 있는 건 너희뿐만이 아니라는 거지. 그렇지? 엔조."

"그런 거지."

메이너드와 엔조가 곱창 꼬치구이를 보며 그렇게 말했다.

"응? 이 꼬치구이, 뭔가 달라진 거야?"

"맞아. 우리는 매일 맛 연구를 게을리하지 않고 있거든."

"그렇다고. 이 꼬치구이 양념도 며칠 전부터 맛을 아주 조금 바꿔봤거든."

"그래?"

"아주 살짝이지만. 지금까지 넣지 않았던 허브를 아주 조금 더 해봤어."

"희미한 차이지만, 상큼한 산미가 아주 조금 느껴질 거야."

"이 허브를 넣음으로써 기름기가 많은 내장도 깔끔하게 먹을 수 있는, 질리지 않는 맛이 됐다고 보거든."

두 사람의 말을 듣고 루이스는 꼬치구이를 빤히 바라본 후에 맛을 확인하듯 다시 베어 물었다.

"우물우물……. 음, 듣고 보니 고기를 씹을 때마다 왠지 산미가 느껴지는 것 같기도 한데."

루이스의 동료들도 다시 꼬치구이를 맛보면서 "듣고 보니"라든가 "확실히"라든가 하는 말을 중얼거렸다.

"두 사람 모두 노력하고 있구나."

미묘한 차이지만, 조금이라도 맛을 좋게 만들려는 두 사람의 기개에 루이스가 절절한 투로 그렇게 말했다.

"그야말로 당연하지. 이런 기회를 받았으니까, 게으름을 피우면 스승님을 만날 면목이 없지."

"그렇지. 꼬치구이만이 아니라, 우리 가게의 간판 메뉴인 내장 토마토 스튜도 맛을 더 추구하면서 매일 연구하고 있다고."

"물론 스승님께 배운 기본은 그대로 뒀지만."

"형과 재회하는 날까지 앞으로 반년인가."

"그러게. 우리, 스승님께서 드시고 반드시 탄성을 터뜨리게 하겠다며 허세를 부려놨으니까. 아무래도 그 정도까지는 무리겠지만 조금은 성장한 모습을 보여드리고 싶거든. 그러니까 열심히 해야지."

"그럼."

"그 얘기를 하자면 나도 형한테 다음에 만날 때까지는 훨씬 더 강해져 있을 거라고 해버렸거든. 그래도…… 다시 만날 게 기대돼!"

"맞아!"

"뭐, 모두 열심히 할 수밖에 없지."

로센달을 나선 후 첫 번째 야영.

　이날은 일찌감치 저녁 식사도 마친지라, 항례대로 데미우르고스 님께 공물을 바치기로 했다.

　공물은 늘 그렇듯 일본 술 몇 병과 프리미엄 통조림 안주 세트다.

『언제나 고맙네.』

"아뇨, 아닙니다."

　뭐, 이것도 보험 같은 거니까요.

『녀석들 몫에 내 몫까지, 자네에게는 너무 폐를 끼치고 있어서 정말로 미안하다네.』

"괜찮습니다. 닌릴 님을 비롯해 다른 신분들도 한 달에 한 번으로 해주셔서 여유가 생겼고, 데미우르고스 님은 일본 술을 좋아하시니까, 그걸 중심으로 고르고 있어서 그다지 시간도 걸리지 않습니다."

　데미우르고스 님은 기본적으로 전부 맡겨두고 계시고, 나도 순위나 추천 제품을 기준으로 고르고 있기 때문에 그다지 폐라고 할 만한 것도 없다.

『그렇게 말해주는 건 기쁘지만, 그래서는 내 마음이 편치 않아. …………그렇지! 분명 자네는 로센달을 나선 참이었지?』

"네, 그렇습니다만……."

『그래, 그런가. 그렇다면 마침 잘 되었는지도 모르겠군. 우리

신은 하계에 그다지 간섭하지 않는 것이 철칙이지만, 이 정도라면 괜찮을 테지.』

옹? 무슨 말이지?

『그 근처에 산이 보이는가?』

산?

그러고 보니 가도 왼쪽에 있었지.

『그 산으로 가보는 게 좋을 걸세.』

"네? 그 산에 뭐가 있습니까?"

『뭐, 그건 도착했을 때의 즐거움으로 두지. 아마도 펜리르가 눈치챌 걸세. 그럼 이만.』

"앗! 데미우르고스 님!"

그 후 몇 번이고 불러보았지만 대답은 없었다.

"저 산으로 가라니, 뭐가 있는 걸까?"

"그런 말을 들었어."

아침밥을 먹으면서 어제 데미우르고스 님께 들었던 이야기를 들려주었다.

참고로 모두는 아침부터 생강구이 덮밥을 먹어대고 있다.

아무래도 나는 부담스러워서 사양하고, 가다랑어포를 넣은 주먹밥과 갓을 넣은 주먹밥, 그리고 인터넷 슈퍼에서 산 즉석 된장국을 먹고 있었다.

『신께서 저 산으로 가라고 하셨다니. 재밌군……. 더 다오.』

페르의 다섯 번째 추가 주문에 생강구이 덮밥을 곱빼기로 담아서 눈앞에 놓아주었다.

"여기 있어. 저 산에 뭐가 있는지는 모르겠지만, 신께서 가보라고 했으니 안 갈 수는 없겠지."

『하지만 말이야, 저 산에는 그게 있다고. 나도 더 줘.』

오늘 아침은 드라 짱도 잘 먹네.

드라 짱의 눈앞에 세 번째 추가 덮밥을 내려놓았다.

"드라 짱, 저 산에 관해 알고 있어?"

『뭐 조금. 오래전 일인데, 무심코 들어갔다가 험한 꼴을 당했지.』

추가로 준 덮밥을 우걱우걱 먹으면서 드라 짱이 그렇게 말했다.

『주인, 스이도 더 먹을래.』

다음은 스이의 추가 주문인가.

스이 앞에도 페르와 마찬가지로 다섯 번째 추가 덮밥을 내려놓았다.

"험한 꼴?"

『응. 일대일이라면 절대로 질 리 없지만, 그 녀석들은 수가 너무 많거든. 게다가 무척 끈질겨. 전에도 엄청나게 쫓겨 다녔다고. 열받아서 전력으로 얼음 마법을 날려버렸지만.』

뭔가 불온한 단어가 잔뜩 나왔는데.

그 녀석들은 수가 너무 많다든가 끈질기다든가.

드라 짱은 무얼 가리켜 그렇게 말하는 걸까?

게다가 전력으로 얼음 마법이라니, 드라 짱이 전력으로 마법을 날리면 위험한 거 아냐?

『그렇게 쫓아온 놈들의 절반 이상을 얼음으로 꿰뚫어 버렸더니, 그제야 무서워하면서 더는 쫓아다니지 않게 됐지!』

············어이, 드라 짱.

『뭐냐. 드라도 그 녀석들과 상대했던 적이 있는 것이냐?』

『그 말은, 페르도?』

『그래. 하지만 드라 짱 말대로 그 녀석들은 수가 많은 데다가 약삭빠르기까지 하다. 이렇다 할 상대는 아니지만, 나 혼자서 상대하자니 성가셨다.』

『맞아, 맞아. 수가 많고 끈질기고 약삭빨랐어! 그때도 숫자를 믿고 여기저기서 돌을 던지더라고.』

뭐어어? 돌을 던지다니, 대체 뭐냐고?

『하지만 말이다, 이번에는 나 혼자가 아니다. 드라도 스이도 있다. 난관인 던전은 신경 쓰이지만, 신탁을 무시할 수는 없는 일이지. 크크큭, 산으로 가는 김에 그 녀석들에게 본때를 보여주는 것도 재미있겠구나.』

『오옷, 그거 나도 찬성! 나도 그 녀석들한테는 험한 꼴을 당했으니까, 복수해주겠어!』

뭔가 페르가 못된 표정을 짓고 있는데.

게다가 드라 짱, 얼음 마법으로 꿰뚫어 버렸으니까 충분히 복수한 거 아닐까?

그보다············.

"아까부터 페르와 드라 짱이 이야기하고 있는 거, 대체 뭘 말하는 거야?"

『블랙 바분이다.』

『맞아. 블랙 바분이라고 하는 마물이야.』

블랙 바분?

바분이라고 하면…… 개코원숭이 마물인가?

『마물? 싸우는 거야?』

『그래. 싸울 거다. 물론 우리가 이길 테지만.』

『하핫, 당연하지!』

『만세! 스이 많이 쓰러뜨릴 거야!』

페르도 드라 짱도 스이도 이미 의욕(살기)이 넘쳐나고 있었다.

안 좋은 예감밖에 안 드는 건 내 기분 탓일까?

"하지만, 안 간다는 선택지는 없는 거겠지. 그도 그럴 것이 데미우르고스 님께서 직접 하신 말씀이니까……."

흐음.

『좋다. 아침밥도 먹었으니 바로 가자.』

『오오, 가자고!』

『잔뜩 쓰러뜨릴래!』

"자, 자, 자, 잠깐 기다려봐. 뭘 갑자기 가려고 하는 거야. 뒷정리도 해야 하는데."

『음, 어서 해라.』

"할 거긴 한데, 그렇게 바로 갈 필요는."

『무슨 말을 하는 것이냐. 신탁이다. 바로 실행하지 않으면 어쩌겠다는 것이냐.』

『그 말이 맞아. 얼른 산에 가자고! 그 녀석들 찍소리도 못 하게 해주겠어.』

『주인, 빨리 산에 가자.』

글렀네. 다들 완전히 전투 모드에 들어갔잖아.

이렇게 되면 기다리라고 해본들 아무 소용 없는데.

할 수 없지. 산으로 가볼까.

데미우르고스 님께 가보라는 말을 들은 산(페르에게 물어보니 베리트산이라고 하는 모양이었다) 바로 앞까지 왔다.

그 베리트산의 끝자락에 펼쳐진 깊은 숲.

『이 주변부터 블랙 바분의 영역이다. 정신 바짝 차리고 가야 한다.』

『알았어!』

『스이가 해치워버릴 거야!』

"나, 나는 괜찮을까……. 불안하기만 한데."

『정말이지 너는 겁이 많아 큰일이다. 너한테는 완전 방어 스킬이 있으니까, 그렇게 불안해할 필요가 없지 않으냐.』

"그렇기는 해도, 너희가 하는 이야기를 들으면 불안해질 만도 하잖아. 수가 많다느니 돌을 던진다느니 쫓겨 다닌다느니. 확실히 완전 방어 스킬은 있지만, 수로 덤벼들면 엄청 무섭다고."

『뭐, 그럴 일은 없을 거야. 우리가 있으니까. 그렇지? 페르.』

『그래. 녀석들을 전부 처리해주마.』

『스이가 주인 지킬 거니까 괜찮아!』

다들 자신만만하네.

모두의 실력은 알고 있지만, 어쩐지 안 좋은 예감이 엄청나게 드는 건 어째서일까……

"으으옷, 우오오오오오오옷!"

우리 일행은 현재 절찬 쫓기고 있는 중입니다.

블랙 바분, 진짜 장난 아닙니다.

블랙 바분의 영역이라고 하는 숲에 발을 들인 순간, 그것은 나타났다.

2미터는 될 법한 검은 털의 개코원숭이 마물이다.

원시림 같은 숲의 굵은 나뭇가지에, 지상에, 대체 어디서 나타난 것인지 깨닫고 보니 무수한 블랙 바분이 있었고, 우리 주변을 빙글 포위하고 있었다.

심지어 그것들은 소리를 지르면서 이빨을 드러내고 위협을 해오기까지 해서, 솔직히 나는 지릴 뻔할 정도였다.

하지만 페르와 드라 짱과 스이는 블랙 바분의 존재를 눈치채고 있었는지 침착하기만 했다.

페르 같은 경우엔 『드디어 나타나셨나』라는 말을 하며, 불문곡직하고 갑작스레 앞다리를 크게 휘둘러 내려 발톱으로 참격을 날렸다.

그 일격에 자라나 있던 나무째로 상당한 수의 블랙 바분이 조 각조각이 났다.

그것으로 블랙 바분의 포위망에 구멍이 뚫렸고 우리는 도주.

그렇게 지금에 이르렀는데, 당연히 나는 평소처럼 페르 등에 올라타 있는지라…….

"으와앗, 으아아아아앗!"

나무들 사이를 맹렬한 속도로 달려 나가는 페르에게 필사적으로 매달린 채, 나는 참지 못하고 비명을 질렀다.

동료가 당한 것을 본 블랙 바분은 기성을 지르면서 우리를 뒤쫓고 있다.

게다가 페르와 드라 짱이 이야기했던 것처럼 맹렬하게 돌을 던져대면서 말이다.

페르의 결계 덕분에 돌은 막을 수 있었지만, 콩콩 캉캉 하고 돌 맞는 소리가 끊임없이 들렸다.

『페르, 페르읏, 이 도주극은 언제까지 이어지는 건데?』

페르 목덜미에 필사적으로 매달려서 염화로 물어보았다.

『드라와 스이가 추격하는 놈들을 얼마나 줄이느냐에 달렸다. 어느 정도 줄었을 때 반전 공세다.』

드라 짱은 그 날개를 살려서 숲의 상공에서 얼음 마법을 날려대며 블랙 바분의 수를 줄이고 있었다.

그리고 스이는 빠른 속도로 달리는 페르의 등에 탄 내 어깨와 등 위에서 종횡무진 재주 좋게 움직이며 기관총처럼 산탄을 연사했다.

『하! 얼마나 줄이느냐에 달렸다고? 이미 절반 가까이 줄었거든! 하지만 아직이야! 이 녀석들한테는 누굴 상대하고 있는지 진절머리가 날 정도로 알려줄 거라고!』

『스이도 더 많이 할 거야!』

『으하하, 드라도 스이도 그 자세다! 이 앞에 공터가 있다. 거기서 단숨에 남은 놈들을 쳐부순다!』

『좋았어!』

『알았어!』

『아니 아니 아니잇, 딱히 전부 상대하지 않아도 되거든? 아무튼 추격을 뿌리치면 되는 거잖아.』

정말이지, 어째서 우리 트리오는 이렇게 호전적인 거냐고!

앗, 전쟁의 신인 바하근 님의 가호 탓인가?

분명 바하근 님이 그런 말을 했던 것 같은 기분이 들어.

아니, 하지만 스이한테는 분명 바하근 님의 가호가 없을 텐데…….

『그럼 속도를 올린다!』

『뭐? 자, 잠깐 기다려엇!』

페르의 달리는 속도가 한층 더 빨라졌다.

"으아아아아아아아아아앗!"

풍압에 눈도 뜨고 있을 수 없을 정도였지만, 그럼에도 등 뒤에서는 페르의 속도에 따라붙는 블랙 바분의 기척이.

"으오옷, 우옷."

"갸아앗, 갸앗."

"부웃, 부오옷."

무어라 표현할 수 없는 떠들썩한 울음소리가 무수히 귀에 들려왔다.

『어, 어이, 쎄르. 이 앞의 공터에서 단숨에 쳐부수겠다느니 했는데, 이런 깊은 숲속에 공터 같은 게 있어?』

『있다.』

『저, 정말로?』

『정말이지 소심해서는. 너는 잠자코 보고 있어라.』

그런 말을 한들…….

"으웃, 으아아아아아아아아아아아아아앗…………."

눈을 질끈 감고서 페르의 등에 매달려 있기를 몇 분.

『됐다. 도착했다.』

그렇게 말하며 페르가 걸음을 멈춘 그곳은, 깊은 숲속이면서 나무 한 그루도 자라나 있지 않은 부자연스러울 정도로 그저 넓기만 한 공터였다.

넓이는 대략 축구장 두 배 정도.

그 공터의 중간 부분까지 나아갔을 때 블랙 바분 무리가 쏟아져 들어왔다.

"우오오, 우옷."

"캬앗, 캬앗."

"부웃, 부, 부오옷."

블랙 바분들의 위협하는 소리가 주변에 울려 퍼지자 공터 근처

나무에 앉아 있던 새들이 일제히 날아올랐다.

『오호, 수를 제법 많이 줄였구나.』

『뭐, 그렇지.』

어느샌가 페르 옆으로 내려온 드라 짱이 그렇게 대답했다.

『스이, 열심히 했어!』

스이도 어느샌가 내 어깨에서 내려와 뿅뿅 뛰어오르고 있었다.

『그래, 마지막 정리는 내가 하기로 하지.』

페르가 그렇게 말하는 것과 동시에, 대치하고 있던 블랙 바분 무리의 중심에서 회오리가 발생했다.

그리고…….

"와아아…………."

잡고 버틸 것 하나 없이 차례차례 그 회오리에 휩쓸려 날아가는 블랙 바분들.

페르의 바람 마법인 회오리가 평범한 회오리일 리 없었고, 여기저기에서 바람의 칼날이 거칠게 불어닥쳤다.

흡사 거대한 믹서 같은 회오리가, 가차 없이 블랙 바분을 산산조각 내버렸다.

『이거 참, 또 섬뜩한 마법이네. 페르.』

『흥, 이 녀석들은 너무 많다. 이걸로 수 조절도 되겠지.』

『와아~ 빨간 게 빙글빙글 돌아! 주인, 저것 봐.』

"우욱…… 보고 있어. 스이. ……피로 새빨갛게 물든 회오리…………."

우리 눈앞에서는 피보라를 피워 올리며 붉은 회오리가 빙글빙글 돌고 있었다.

『이제 슬슬 됐겠지.』

페르의 그 말과 함께 회오리가 멈추었다.

그와 동시에 조각조각 난 블랙 바분의 살점이 철퍽철퍽 지면에 흩뿌려졌다.

"⋯⋯⋯⋯."

『좋다, 가자.』

『오옷!』

『벌써 끝이야?』

"아니 아니 아니, 잠깐만."

『뭐냐? 블랙 바분 고기는 맛없어서 쓸모없다. 마석도 없고, 털도 그다지 좋지 않아서 귀중한 건 아닐 터다.』

"아니, 그런 의미가 아니라. 뭐, 조금은 소재 때문이기도 하지만. 이 정도의 참상인데, 아무렇지도 않다니, 뭐라고 할까 기분이 좀."

『무슨 말을 하는 건지 전혀 이해가 안 간다. 애초에 강자인 우리에게 덤벼든 시점에서 저놈들의 운명은 정해졌다. 그뿐인 일이다. 그리고 던전에서 한 일과 그다지 다르지도 않지 않으냐.』

"그 말을 들으면 그럴지도 모르겠지만⋯⋯."

드롭 아이템이 남는 던전과 달리, 이 모습은 리얼하다고 할까.

『그런 거라고. 놈들의 시체도 다른 마물의 먹이가 되거나, 흙으로 돌아갈 거야.』

페르도 드라 짱도 이 참상을 당연하다는 듯이 받아들이고 있다.

결국 이 세계는 약육강식이라는 거겠지.

알고 있기는 했지만.

페르와 드라 짱과 스이라는 강자가 내 편이라 정말로 다행이야.

그나저나, 새빨간 회오리. 꿈에 나올 것 같아…….

"그런데 있지, 페르는 이런 깊은 숲속에 이렇게나 넓은 공터가 있다는 걸 용케 알고 있었네."

『으음, 뭐. 전에 녀석들과 싸웠을 때 조금 말이다.』

"뭐? 조금 뭐?"

눈앞의 공터를 휙 둘러보았다.

"에에에엑…….."

페르, 너 대체 무슨 짓을 한 거야?

블랙 바분의 영역인 숲을 무사히 지나온 우리의 눈앞에는 깎아지른 듯한 산이 우뚝 솟아 있었다.

『음?』

그런 소리를 낸 페르가 산 정상 부근을 노려보았다.

"왜 그래?"

『정상 바로 아래 가파른 절벽이 보이느냐.』

"응, 보이네."

『저 주변에 환술 종류의 마법이 걸려 있구나.』

"환술? 그렇다는 건, 저 주변에 뭔가가 있다는 거야?"

『아마도.』

『그런 거라면, 내가 잠깐 가서 뭐가 있는지 확인하고 올까?』

나와 페르의 이야기를 듣고 있던 드라 짱이 그리 말하며 나섰다.

분명 드라 짱이라면 날 수 있으니까 확인하고 오는 것도 가능할 테지만…….

"환술 마법이 걸려 있다는 건, 분명 의도적으로 걸어뒀다는 거잖아? 위험하지 않을까?"

『드라라면 문제없을 테지.』

『그렇다고. 나 그렇게 약하지 않거든?』

"그야 드라 짱이 강한 건 알고 있지만, 가는 건 드라 짱 혼자잖아? 지금까지는 다 함께 행동했는데 말이야. 무슨 일이 있을지 알수 없으니까, 역시 걱정돼."

『괜찮다니까. 무슨 일이 생긴다고 해도, 내가 그렇게 바로 당할리가 없잖아.』

『그렇다. 드라의 강함은 나도 인정하는 바다. 웬만해서는 당하지 않는다.』

"페르와 드라 짱이 그렇게 말한다면 할 수 없지만…….."

『금방 돌아올 테니까, 너희는 여기서 기다리고 있으면 된다고. 그럼, 잠깐 다녀올게.』

"앗! 드라 짱, 잠깐만!"

말리는 내 말도 듣지 않고 드라 짱은 산 정상 쪽으로 날아가 버렸다.

"그렇게 바로 가지 않아도 되잖아. 괜찮을까…….."

『걱정할 필요 없다. 드라는 강하다.』

그건 알지만, 뭐가 있는지 모르는 곳에 혼자서 간다고 하면 걱정된다고.

◇ ◇ ◇ ◇ ◇

"저기, 정말로 괜찮은 걸까?"

드라 짱이 날아간 지 이미 두 시간 가까이 지났다.

아무래도 걱정이 돼서 가만히 있을 수가 없었다.

『허둥대지 말고 진정해라. 드라라면 걱정할 것 없다고 몇 번이나 말하지 않았느냐.』

안절부절못하고 이리저리 왔다 갔다 하는 나를 어이없다는 듯이 바라보는 페르.

"그건 그렇지만, 드라 짱이 날아간 지 벌써 한참 됐잖아. 무슨 일이 생긴 게."

『잠깐, 저기를 봐라. 돌아왔다.』

그렇게 말하며 페르가 코끝으로 가리킨 하늘을 올려다보자, 고속으로 이쪽을 향해 날아오는 무언가가.

슈우웅 하고 날아온 무언가는 우리 바로 앞에서 멈추었다.

『미안 미안, 기다렸지?』

"드라 짱! 좀처럼 돌아오질 않아서 걱정했잖아!"

『미안하다니까.』

『흥, 그러니까 몇 번이나 걱정할 필요 없다고 하지 않았느냐.』

"그래도, 좀처럼 돌아오질 않으면 당연히 걱정될 만하지."

『다들, 왜 그래?』

아아, 스이도 일어났잖아.

블랙 바분과 싸우고 나서 가죽 가방 안에서 잠들었었는데.

『스이도 일어났으니까 마침 잘됐어. 페르 말대로 저기, 재미있는 게 있었어.』

"재미있는 거?"

『응. 저기에는 말이지……..』

정찰에 나섰던 드라 짱의 이야기에 따르면, 페르가 지적한 정상 바로 아래의 깎아지른 절벽에는 실제로 환술이 걸려 있어서 언뜻 보면 평범한 절벽으로만 보인다고 한다.

그러나 페르한테 들은 말도 있었기에 신중하게 확인해 나가자, 절벽 중간 부근에서 동굴 같은 구멍을 발견했다는 모양이다.

『환술로 감춰둔 건 이걸까 싶어서, 일단 안으로 들어가 봤지. 그랬더니 말이야……..』

드라 짱이 발견한 것은 창에 꿰뚫린 인간의 사체.

세 구가 있었는데, 시간이 상당히 흘러 뼈만 남은 상태였고, 가죽 갑옷을 입고 검을 가진 것이 모험가 길드에서 자주 보던 모험가 같았다고 한다.

그리고 무언가에 짓뭉개져서 산산조각이 난 마물의 뼈도 있었다고 한다.

동굴, 모험가, 마물, 여기에서 생각해낼 수 있는 것은 던전.

드라 짱도 '이건 어쩌면 던전인가?' 생각했지만, 안으로 계속

들어가도 마물은 전혀 나오지 않았다고 한다.

　이상하다고 여기며 일단 비행을 멈추고 지면에 발을 디디자마자…….

『쿠오오오 하는 소리가 나더니 내 머리 위가 업화로 뒤덮인 거야.』

"발을 디디자마자라니."

『아마도 함정이겠지. 드라, 작아서 살았구나.』

『쳇, 시끄러워.』

"하지만, 함정이 있다는 건 역시 던전인 걸까?"

　드라 짱의 이야기로는 마물은 나오지 않는 것 같지만, 함정이 있다고 한다면 그게 가장 가능성 있을 것 같은데.

『던전 가는 거야?』

『아니, 스이. 저건 던전이 아니야. 어느 정도 안쪽까지 들어가 보고서 생각한 건데, 저건 던전이 아냐. 저 함정은 던전이라기보다 인간이 설치한 거라는 느낌이 들었어.』

"인간이?"

『그래. 조금 전에 말한 업화로 된 함정 때도, 기름 냄새가 남아 있었거든. 던전이라면 함정에 기름 같은 걸 쓸 리 없잖아.』

　듣고 보니 확실히 그러네.

　페르와 드라 짱과 스이가 있어준 덕분에 아무런 피해도 없어서 완전히 잊고 있었지만, 던전에도 그런 비슷한 함정이 있었다.

　하지만 다시 생각해봐도 기름 냄새 같은 건 한 번도 나지 않았다.

『던전의 함정은 기본적으로 던전 안에 있는 것으로 구성되어 있다. 불을 쓴 함정이라면 기름 같은 게 아니라 불 마석이 쓰인다.』

페르 말대로 던전에는 마물이 있으니 기름 같은 걸 쓰지 않아도 불 마석을 쓰는 편이 훨씬 효율이 좋을 터였다.

"그렇게 되면 드라 짱의 말대로 인간이 설치했다는 건가. 하지만, 어째서 저런 곳에? 그렇게까지 해서 지키고 싶은 뭔가가, 저 동굴에 감춰져 있다는 건가?"

『보물 같은 거 말이야?』

"아니 아니, 보물이라고는 단정할 수 없지. 저런 데 감춰둘 정도니까, 뭔가 세상에 내놓을 수 없는 사연이 있는 물건일지도 모른다고."

『아니, 그건 아닐 거다. 애초에 우리는 이 산에 신탁을 받아서 왔다. 사연 있는 물건이라면, 일부러 신이 가라고는 하지 않으셨을 테지.』

"앗, 그랬지. 이 산엔 신탁으로 온 거였어. 그렇다면, 대체 뭘까?"

『드라가 말한 보물이 가장 일리 있다고 생각한다만………… 아!』

뭔가를 떠올린 듯 페르가 목소리를 높였다.

"페르, 뭔가 아는 게 있어?"

『생각났다.』

"뭐가?"

『으음. 지금부터 300년 정도 전에 말이다, 이 주변에 자신을 도둑 왕이라고 칭한 산적이 있었다.』

"도둑 왕?"

페르의 이야기에 따르면 이 도둑 왕이라 자칭한 인물의 일당은 이 주변을 근거지로 삼아 온 대륙을 오가며 도둑질이라고 할까,

강도짓을 반복했다고 한다.

상단, 귀족, 돈이 있어 보이는 마차를 노려 습격하고, 성공하면 곧바로 이동.

그 때문에 좀처럼 위치를 찾지 못했고, 당시의 국가도 모험가 길드도 이 도둑 왕에게는 애를 먹었다고 한다.

도둑 왕이 이 주변에 근거지를 세웠다는 것도 다름 아닌 페르 니까 알고 있는 것이지, 다른 이는 알 도리도 없었다.

"여기가 근거지라고 알려주면 좋았을 텐데."

『아무런 사이도 아니니 가르쳐줄 필요도 없었다.』

"그건 그렇지만."

『아무튼 말이다, 그놈들은 어떤 매직 아이템을 갖고 있었던 것 같다. 당시부터 블랙 바분의 영역이었던 이 숲도 자유롭게 오갔 었으니까.』

당시부터 이 주변이 블랙 바분의 영역이었다고 한다면, 그야 발견되지 않을 만도 하네.

이런 위험 지대에 설마 근거지가 있을 거라고는 아무도 생각하 지 않을 테니까.

『그 도둑 왕은 실로 탐욕스러운 자였다. 나이를 먹어 죽음을 앞 에 두고도, 자신이 가진 보물들은 아무한테도 안 줄 거라며 행방 을 감추었지.』

우와아, 엄청난 욕심 덩어리네.

죽으면 보물 같은 건 갖고 있어봤자 아무런 소용도 없는데.

『그로부터 수십 년이 흘렀고, 도둑 왕 무리의 자손인지 뭔지의 이야기로 이 주변에 도둑 왕의 근거지가 있었다고 하는 소문이 퍼졌다. 그래서 행방을 감춘 도둑 왕도 이 주변에서 보물과 함께 잠들어 있는 것은 아닌가 하는 억측이 난무했지. 수많은 모험가가 보물을 찾아서 이 땅을 찾아왔다고 한다. 대부분이 블랙 바분한테 당한 모양이지만.』

"그 도둑 왕의 보물이 발견되었다는 이야기는 없었다는 거구나."

『그래.』

"페르는, 드라 짱이 보고 온 동굴 안에 그 도둑 왕의 보물이 감춰져 있는 게 아닌가 하고 생각하는 거야?"

『그렇다.』

…………그럴듯해.

애초에 데미우르고스 님의 이 신탁도 공물의 답례라는 느낌이었고.

그걸 생각하면, 내게 이득이 될 만한 걸 가르쳐주셨다고밖에는 볼 수 없어.

"도둑 왕의 보물이라……."

재미있을 것 같기는 하네.

『으하하하하, 이야기 잘 들었어! 재미있잖아! 아직 발견되지 않은 보물이라니! 스이, 던전은 아니지만 재미있는 얘기가 됐다고!』

『재미있어? 스이도 할래!』

『그렇다면 바로 가자고!』

『그래.』

『갈래!』

"아니 아니 아니, 다들 잠깐 기다려. 어쩐지 갈 마음으로 가득한 것 같은데, 앞으로 한 시간쯤 지나면 해도 저문다고. 어두워진 다음에 산을 오를 수 있을 리가 없잖아. 내일, 내일."

『흐음, 할 수 없지.』

『뭐, 배도 고프니까. 내일이라고 하면 그걸로 됐어.』

『스이도 배고파졌으니까, 내일 가도 돼.』

그런고로, 산은 내일 오르기로 정해졌다.

도둑 왕의 보물은 나도 흥미가 있으니까 가는 건 좋지만, 그전에……

"이 산, 어떻게 오르지?"

그야말로 프로 등산가 정도가 아니면 무리일 것 같은데.

『좋아, 밥이다. 밥.』

『배고파!』

『배 꼬르륵.』

"네네, 알았다니까. ……우으웃, 추워."

산기슭이기도 해서 불어오는 차가운 바람이 살을 에는 듯했다.

만들어둔 것으로 해결하려고 했는데, 이렇게나 추우니 몸이 따뜻해지는 걸 먹고 싶어지는걸.

간단하면서도 몸이 따뜻해지는 거라고 하면, 역시 전골이지.

오늘 저녁 식사는 전골로 할까.

그렇게 결정하고 인터넷 슈퍼를 열어서 전골 육수를 고르고 있으려니…….

"토마토 전골이라. 전에 먹어봤는데, 꽤 맛있었지. 가끔은 이런 특별한 전골도 괜찮을지도. 이쪽은 전에 먹었던 거네."

케첩과 토마토 주스로 유명한 식품 회사에서 나오는 토마토 전골 육수다.

완숙 토마토의 단맛과 감칠맛 있는 국물이 건더기인 채소, 고기와 잘 어울려서 아주 맛있었다.

또 하나는 불고기 양념으로 유명한 식품 회사에서 나오는 제품이다.

완숙 토마토수프에 바질을 넣어 향을 살리고 치즈로 부드러운 맛을 낸 전골 육수라고 한다.

"이쪽도 맛있겠다. 둘 다 사서 맛을 비교해보는 것도 괜찮겠는걸."

그렇게 생각해서 양쪽 모두 구입.

건더기는 양배추, 양파, 당근, 브로콜리, 만가닥버섯, 소시지, 그리고 코카트리스 고기다.

코카트리스 고기는 한 입 크기로, 양배추는 숭덩숭덩 썰고, 양파는 반달 모양으로, 당근은 5밀리미터 정도의 두께로 동그랗게, 브로콜리는 작게 나누고, 만가닥버섯은 밑동을 제거해 풀어두고, 소시지는 비스듬하게 칼집을 넣어둔다.

다음은 질냄비에 토마토 전골 육수를 붓고 끓인 다음, 닭고기, 소시지, 당근을 순서대로 넣고 어느 정도 익었다 싶으면 남은 채소를 넣어주고 전체적으로 한번 끓었을 때 치즈를 듬뿍 올리면 완성이다.

보글보글 끓는 토마토수프에 뿌린 치즈가 걸쭉하게 녹았다.

꿀꺽⋯⋯.

"엄청나게 맛있어 보여."

『어이, 다 된 거냐?』

『얼른 먹게 해달라고.』

『맛있겠다.』

냄새에 이끌려 페르와 드라 짱과 스이가 뒤에서 들여다보았다.

페르와 드라 짱은 군침까지 흘리고 있고.

"어이 어이, 페르랑 드라 짱. 침 떨어지거든. 아니, 침 흘리지 마. 안에 들어가잖아."

그렇게 말하자 페르도 드라 짱도 서둘러 앞발로 침을 닦았다.

그리고⋯⋯.

『치, 침 같은 건 흘리지 않았다.』

『그, 그렇다고.』

란다.

아니, 너희 엄청나게 침 흘리고 있었잖아.

『주인, 배고파. 얼른 먹자. 응?』

"아, 네네. 잠깐만 기다려."

스이에게 재촉을 받으며 모두의 앞에 질냄비를 두 개씩 내려놓았다.

『둘 다 같은 것이냐?』

"아냐, 아냐. 양쪽 모두 토마토 전골이지만, 이쪽엔 바질이라는 허브가 들어 있어."

『꽤 맛있을 것 같은데?』

『맛있는 냄새.』

『흐음, 채소가 많은 건 마음에 들지 않지만, 냄새는 맛있을 것 같구나. 일단 먹겠다.』

"어, 먹어봐, 먹어봐. 채소도 맛있다고. 아, 전골은 뜨거우니까 다들 조심하고."

페르와 드라 짱은 바람 마법으로 식히고 나서, 스이는 뜨거운 것도 개의치 않고 먹기 시작했다.

『우와아~, 이거 맛있어!』

스이는 토마토 전골이 매우 마음에 들었나 보다.

『크흠, 얼른 식지를 않는구나.』

『이럴 때는 뜨거운 것도 먹을 수 있는 스이가 부러워.』

그런 말을 중얼거린 후, 드디어 식은 토마토 전골에 달려드는 페르와 드라 짱.

『흐음, 흐음, 그럭저럭 괜찮구나.』

우걱우걱 먹어놓고 그럭저럭 괜찮구나라고?

『오오~ 이거 맛있어. 이 치즈라는 거랑 빨간 국물이 절묘하게 어울리잖아!』

토마토수프와 잘 녹은 치즈의 조합에 탄성을 내뱉는 드라 짱.

뭐, 당연하지.

토마토와 치즈가 안 어울릴 리가 없지.

그럼 나도 먹어볼까.

우선은 전에 먹었던 적이 있는 케첩과 토마토 주스로 유명한 식품 회사에서 나온 쪽부터다.

응, 여전한 맛이네.

토마토의 단맛과 감칠맛이 맛있어.

뭐라 해도 이 수프와 잘 녹은 치즈가 어우러져서 채소도 코카트리스 고기도 말할 수 없이 맛있어.

국물도……

"아~ 몸이 녹는다."

불만이 전혀 없을 만큼 맛있어.

다음은 불고기 양념으로 유명한 식품 회사에서 나온 쪽.

"이쪽은 설명에 있었던 대로 바질 향이 나네."

바질이 들어간 이쪽은 어느 쪽인가 하면 조금 어른의 취향.

아이들도 포함해 누구나 좋아할 만한 것은 케첩과 토마토 주스로 유명한 식품 회사에서 나온 쪽이리라.

그러나 이쪽도 토마토수프라는 점은 같았고, 국물과 잘 녹은 치즈가 어우러진 건더기가 맛있었다.

"으음, 이건 양쪽 다 맛있네. 역시 토마토와 치즈의 조합은 틀림이 없다니까. 잠깐, 이거라면……"

내가 꺼낸 것은 로센달의 고아원에서 구워준 소박한 통밀빵.

이것을 토마토수프에 담가서……

"응응, 생각한 대로 맛있어. 국물을 흡수한 빵이 엄청나게 맛나."

『음, 그거 맛있느냐? 나도 먹겠다.』

『나도!』

『스이도.』

재빠르게 알아챈 모두가 빵을 원한다며 요청해 왔다.

"알았어. 아, 하지만 마무리가 있으니까 적당히 먹어둬. 이번 마무리는 두 종류 준비해뒀거든."

『오오, 그거 기대되는구나.』

『마무리라는 건 마지막에 먹는 그거 말이지? 그건 아주 맛있지.』

『기대돼~.』

그 후에도 몇 번이고 페르와 드라 짱과 스이가 토마토 전골을 추가했고, 겨우 마지막 마무리로.

내가 준비한 것은 밥과 파스타다.

"이쪽 국물에는 밥을 넣어서 조금 끓이고……."

토마토 주스로 유명한 식품 회사에서 나온 쪽에는 찬밥을 넣어서 리소토풍으로.

"이쪽 국물에는 파스타를 넣어서 잠시 끓이고……."

불고기 양념으로 유명한 식품 회사에서 나온 쪽에는 덜 익힌 파스타를 넣어서 수프 파스타풍으로.

채소와 코카트리스의 맛이 우러난 토마토수프가 스며든 리소토와 파스타 마무리는 페르와 드라 짱과 스이에게도 호평이었다.

페르와 스이에 이르러서는 토마토 주스로 유명한 식품 회사에서 나오는 쪽에 파스타, 불고기 양념으로 유명한 식품 회사에서 나온 쪽에 밥이라는 반대 버전까지 빈틈없이 즐겼다.

배가 든든해지고 적당하게 몸도 데워진 우리는 내일에 대비해서 나의 흙 마법으로 만든 상자 모양의 집 안에 들어가 이불을 덮고 일찌감치 잠자리에 들었다.

◇ ◇ ◇ ◇ ◇

아침 식사를 마치고, 이제 산으로 가면 되는데…….

"이거, 어떻게 오르지?"

울퉁불퉁한 바위 표면이 드러난 경사가 급한 산.

등산과는 인연이 없었던 나로서는 이 산을 오를 수 있을 것 같지 않은데.

『흥, 간단한 일이다. 너는 평소처럼 내 등에 올라타 있으면 된다.』

"뭐, 그렇게 말한다면."

페르가 자신만만하게 말했기에, 나는 평소처럼 페르의 등에 올랐다.

스이는 물론 가죽 가방 안이다.

『그럼 나는 먼저 가 있을게.』

드라 짱은 그렇게 말하고 먼저 예의 그 동굴을 향해 날아갔다.

『우리도 가자.』

그렇게 말하더니 페르가 기세 좋게 뛰쳐나갔다.

"앗, 자, 잠깐 기다려……., 꺄아아아아악, 올라간다는 게 이러어어어어언."

페르는 페르였다.

바위 표면이 드러난 급한 경사면을 전혀 개의치 않고, 평지를 달려가듯 빠른 속도로 달려나갔다.

……………….

…………

……

"주, 죽는 줄 알았네……."

겨우 페르가 걸음을 멈춘 것은 동굴이 있는 절벽 바로 앞이었다.

『정말이지, 귓가에서 소리를 지르다니. 너는 참 시끄럽구나.』

"소리 지른 게 뭐, 소리 지르고 싶어질 만도 하지."

『흥, 한심하구나.』

한심해서 죄송하게 됐습니다요.

무서운 건 무서운 거다.

끝없이 올라가는 제트코스터 같아서 죽을 것만 같았다고.

제트코스터에는 절대 타지 않는 주의인 나한테 억지로 이런 경험을 시켰으니 사과해줬으면 좋겠다 싶을 정도라고.

"여기까지 온 건 좋았지만, 이건 아무래도 무리지."

눈앞을 가로막은 것은 훌륭할 정도로 가파른 단애 절벽.

기슭에서 본 것과 눈앞에서 보는 것이 전혀 다른 경치에 압도되었다.

『어이, 뭐 하는 거야? 여기라고! 얼른 와!』

아주 희미하게 작은 알갱이로밖에는 보이지 않는 드라 짱에게서 온 염화.

『그래, 지금 간다.』

"잠깐 잠깐 잠깐 잠깐, 지금 간다니, 이건 무리라고. 포기하고 돌아가자."

도둑 왕의 보물에는 흥미가 있지만, 이 단애 절벽을 눈앞에 두면 무리라고 말할 수밖에 없다.

『무슨 소리냐? 이렇게나 발 디딜 곳이 많으니, 올라가는 건 간단하다.』

…………뭐?

디딜 곳?

이 단애 절벽에?

"어이 어이 어이, 페르 눈이 나빠진 거 아냐? 이 단애 절벽 어디에 발 디딜 데가 있다는 건데?"

『음, 저렇게나 많지 않으냐. 네 눈이야말로 장식이냐?』

"뭐? 어디에?"

잡아먹을 듯이 봐도 역시 단애 절벽.

발 디딜 만한 곳은 어디에도 없었다.

『하아, 이제 됐다. 타라.』

"뭐어?"

『됐으니까 타라!』

페르의 코끝에 떠밀려 할 수 없이 다시 페르의 등에 올라탔다.

그러자, 페르가 통 하고 가볍게 점프했다.

"응?"

10미터 가까이 뛰어오르더니, 도저히 발 디딜 곳이라고는 말할 수 없는 작은 돌기에 재주 좋게 발을 대고 거기에서 다시 위로 뛰어올랐다.

"#$○&♪×¥▲◎——!!!"

너무 놀란 내 입에서 튀어나온 것은 소리가 되지 못한 비명.

그런 나는 전혀 개의치 않은 채 페르는 똑같이 점프를 반복했다.

『이제야 왔네.』

겨우 도착한 동굴 입구에서 드라 짱이 맞아주었다.

『오래 기다리게 했구나.』

『어이, 이 녀석 얼이 빠진 얼굴인데. 어떻게 된 거야?』

페르의 등 위에 힘없이 뻗어 있는 나를 본 드라 짱이 그렇게 말했다.

『저 녀석이 근성이 없는 것뿐이다.』

"우으……."

"페르, 그건 아니지. 나랑 너를 똑같이 생각하지 마! 나는 평범한 인간이라고!"

사실은 그렇게 말하고 싶은 바다.

하지만 지금은 그런 말을 할 기력도 없었다.

『어이, 얼른 내려라.』

그렇게 말하며 페르가 몸을 흔들었다.

힘이 들어가지 않는 내 몸이 털썩 떨어졌다.

아파…….

조금 더 부드럽게 다뤄줘도 괜찮잖아.

"우으~……."

아아, 틀렸어. 못 움직이겠어.

힘이 들어가지 않아.

『어이, 정신 차리라고.』

『도착했어?』

············나, 일단 너희들 주인이거든.

가끔이지만, 너희가 나를 너무 심하게 취급하는 것 같은 때가 있다고 보는데.

스이도 동굴에 관심을 보이기 전에 내 걱정을 해주면 기쁘겠는데.

『어이, 뭘 멍하니 있는 거야. 얼른 일어서.』

"우으······."

그런 말을 한들 힘이 들어가지 않는다고.

그보다, 내 얼굴을 밟는 건 그만둬.

『어이.』

꾸에엑――.

"우으······ 얼, 굴, 밟지 마············."

『이건 틀렸어. 이 녀석이 부활할 때까지 여기서 기다려야겠네.』

『이 녀석은 정말이지.』

『주인, 괜찮아?』

스이, 전혀 괜찮지 않아.

결국 내가 부활할 때까지는 잠시 시간이 걸렸다.

"후우, 겨우 움직일 수 있게 됐네."

『드디어인가. 어이, 네 탓에 시간을 잡아먹어서 배가 고파졌다.』

『나도.』

『스이도 배고파.』

"내 탓이라니, 아니거든······."

『음? 뭐라고 했느냐? 어서 밥이다. 밥.』

애초에 전부 페르 탓이잖아.

그렇게 무모한 방법으로 여기까지 올라온 네가 나쁜 거라고.

"우으으으웃."

페르 바보!

라고 말하고 싶지만, 농담으로도 전설의 마수를 향해서 그런 말을 하지 못하는 소심한 나.

그런 대화 후에 다시 재촉을 받아 밥 준비를 시작했다.

미리 해둔 칼칼한 고기 채소 볶음으로 덮밥을 만들었다.

"여기, 칼칼한 고기 채소 볶음 덮밥."

『오, 맛있겠는데.』

『와아.』

『어이, 내 건 고기가 적지 않으냐?』

"…………똑같거든."

요기도 했으니 이제 슬슬 동굴로 들어갑니다.

바위 표면이 드러난, 그야말로 동굴이라는 느낌의 구멍 안으로 페르를 선두로 해서 들어갔다.

점점 어두워지는 동굴.

"잠깐 기다려봐."

『뭐냐?』

"아니, 던전과 달리 깜깜하니까 불을 켤게."

나는 전에 인터넷 슈퍼에서 사둔 손전등을 아이템 박스에서 꺼내 스위치를 켰다.

"우아앗."

손전등을 비춘 곳에 해골이 드러누워 있었다.

"깜짝 놀랐네. 드라 짱이 말했던 해골이야?"

『맞아.』

너덜너덜한 가죽 갑옷과 로브를 걸친 세 구의 해골.

그 옆에는 마찬가지로 세월이 흘러 자루가 낡고 녹이 슨 창이 흩어져 있었다.

"창으로 푹 찌른 건가. 기분 나쁜 함정이네."

수많은 창이 날아오는 함정이라니, 반사신경이 웬만큼 좋지 않으면 절대 피할 수 없으리라.

『창 따위는 막으면 되는 것 아니냐.』

『그러게. 아니면 피하면 되는 거잖아.』

"페르도 드라 짱도 쉽게 말하지만, 다들 페르나 드라 짱 같지는 않다고."

해골을 보고 다음은 내 차례일지도 모르겠다 싶어져서 부르르 몸이 떨렸다.

"그렇지. 여기서부터는 함정이 있다고 했잖아. 괜찮을까?"

함정에 빠져 죽기라도 하면 어쩌냐고. 도저히 웃을 수 없는 얘기거든.

『너한테는 완전 방어 스킬이 있지 않으냐.』

"아니, 그렇기는 하지만, 페르가 말했잖아. 이건 적의가 있는 자가 한 공격을 완전히 방어하는 스킬이라고. 그러니까 던전은 괜찮다고 말했지만……, 여긴 던전이 아니잖아."

『그랬지. 하지만 인간이 설치한 함정도 비슷한 것이니까 괜찮을 거라고 생각한다만…….』

"생각한다니, 내 목숨이 걸린 일이거든. 그러다 죽으면 반드시 귀신이 돼서 나올 거라고!"

『으음, 그렇다면 내 결계를 걸어두마. 그 김에 드라와 스이한테도 걸어두겠다.』

『오, 고마워.』

『페르 아저씨, 고마워.』

"살았다. 그럼 안심이야. 페르, 고맙다."

『그래. 사람이 만든 함정 정도로 깨지는 일은 없을 테니까 안심해라. 그나저나 너도 이제 조금 강단 있게 굴었으면 좋겠구나.』

쓸데없는 참견이거든.

나는 신중파일 뿐이라고.

『앞으로 나아간다.』

"그래."

페르를 선두로 삼아, 우리 일행은 동굴 안쪽으로 이동했다.

쿵, 쿵, 쿵, 쿵, 쿵──.

무수한 동그란 돌이 페르가 펼친 결계에 부딪혀 시끄러운 소리를 냈다.

『또냐고. 도둑 왕이라는 녀석은 진짜로 보물을 넘겨주기 싫었나 보네. 던전에도 이렇게 많은 함정은 없다고.』

드라 짱이 질린다는 듯이 그렇게 소리를 질렀다.

동굴에 들어온 후로는 함정에 이어 또 함정의 연속.

벽에서 창이 날아오거나, 업화의 불꽃이 분출되거나, 기요틴처럼 날카로운 칼날이 천장 부분에서 떨어지거나…….

아무튼 다양한 함정이 수없이 설치되어 있었다.

심지어 그 전부가 걸리면 즉사인 함정뿐이었다.

"이거 페르의 결계가 없었다면 진짜로 위험했을 거야…….."

분명 나한테는 완전 방어가 있지만, 페르가 말하길 『괜찮을 거라고 생각한다』라니까 말이지.

『생각한다』라고. 『생각한다』.

완전 방어의 효과가 있을지 없을지 시험했다가 없었을 경우엔 즉사 결정.

그런 무서운 짓은 못 한다고.

그만큼 흉악해. 여기 있는 함정.

『확실히 그러네. 나나 페르나 스이라면 신경을 쓰면 어떻게든 될 테지만, 너는 죽었을지도.』

내 중얼거림을 듣고 있던 드라 짱이 그런 말을 했다.

하지만…….

"드라 짱, 죽었을지도라니. 그런 말 쉽게 하지 말아줄래?"

『하하하, 미안. 미안.』

『나로서도 결계를 쳐둔 건 잘한 것 같다. 피할 수 없는 건 아니지만, 이렇게나 많으면 아무래도 성가시다.』

너무 많은 함정의 수에 페르도 질린 얼굴이다.

『즐기고 있는 건 스이뿐이네.』

"응."

『스이는 참으로 배짱 두둑한 슬라임이다.』

순서대로 드라 짱, 나, 페르.

모두 함께 가장 끝에서 따라오는 스이를 보았다.

스이는 뿅뿅 뛰어오르며 즐거워하고 있었다.

『다들 왜 그래? 얼른 가자. 다음은 어떤 걸까?』

스이의 감각으로는, 이 흉악한 함정들도 유원지의 어트랙션 같은 것인지도 모르겠다.

즐거워하며 스스로 함정으로 뛰어들기도 했었다.

그렇다고는 해도 천장 부분에서 산 같은 액체가 쏟아지고 있는 곳에 스이가 뛰어들었을 때는 간담이 서늘해졌다.

스이 본인은 그 산성 액체를 전부 자신의 몸 안에 가두어 꿀꺽했지만.

놀라는 우리를 보고 『여기 재밌어!』라고 했었다.

스이가 규격 외라고 할까, 특수 개체라는 것은 충분히 잘 알고 있었지만, 정말로 듬직하게 자라줬다.

"뭐, 스이니까……."

『응.』

『그래.』

그럼에도 스이니까 하고 왠지 모르게 납득해버리는 우리였다.

"그나저나 아직 그 도둑 왕이라는 녀석이 보물을 감춰둔 장소에는 도착하지 못한 거야?"

동굴 안으로 제법 깊숙이 들어온 것 같은데.

『조금 앞에 방 같은 게 있다. 거기겠지.』

『드디어 도둑 왕의 보물을 볼 수 있는 건가.』

달칵──.

무언가를 밟은 것 같은 소리가 들린 후…….

와르르르 하고 소리를 내면서 발아래가 무너졌다.

"어? 으아아아아앗!"

『음.』

내가 떨어지기 직전에 페르가 옷깃을 물어서 당겨 올려주었다.

바닥에 주저앉는 나.

"위, 위험했어……."

『함정은 함정이라도 이런 빠지는 구덩이는 내 결계로도 어떻게 할 도리가 없다.』

공격을 막는 것은 가능해도 떨어지는 것은 막을 수 없는 모양이다.

『어이어이, 조심하라고.』

"드라 쨩은 날 수 있으니까 그런 말을 할 수 있는 거라고. 조심하라니, 이런 건 조심할 방법이 없잖아! ……정말이지, 어라? 스이는?"

『앗, 혹시 떨어진 건가?』

『그래. 함정 바닥에서 스이의 기척이 느껴진다.』

"에엑?! 스이가 떨어졌다고? 스이이이잇!"

흠칫하며 구멍 안을 들여다보고 스이를 불렀다.

"어두워서 잘 안 보여. 스이는 괜찮은 거야?!"

『시끄럽다. 기척이 분명하게 느껴진다. 괜찮다.』

『스이가 이 정도로 죽을 리 없잖아. 정말이지.』

"그건 그렇지만."

『주인.』

"스이?!"

걱정하고 있으려니, 구멍 바닥에서 뿅뿅 벽과 벽을 고무공처럼 튀어 오르며 스이가 올라왔다.

그리고 내 눈앞에 착지.

『재밌었어!』

"뭐?"

스이가 말하길, 『있지, 슈웅 아래로 떨어지는 게 재밌어』라고 한다.

아래로 떨어지면서 상당한 충격을 받았을 터라, 스이한테 괜찮으냐고 물어보았더니 『아무렇지도 않아』라는 대답이 돌아왔다.

『그러니까 괜찮다고 하지 않았느냐.』

『그러니까. 스이가 이 정도의 일로 어떻게 될 리 없는데 말이야.』

크읏, 페르와 드라 짱은 그렇게 말하지만, 스이는 아직 태어난 지 1년도 안 됐다고.

태어난 지 얼마 안 됐을 때부터 함께 있는 몸으로서는 걱정이 된다고.

『서둘러 가자.』

너무나도 많은 함정에 진절머리가 났는지 페르는 서둘러 보물을 발견해 끝을 내고 싶은 모양이었다.

거기서 다시 몇 개의 함정을 빠르게 빠져나간 후에 드디어 보물이 있는 장소 바로 앞에 도착했다.

『이 벽 너머에 넓은 공간이 있다. 거기에 보물이 있을 테지.』

"이 안쪽이 보물이 있는 방이라는 거야? 하지만, 이 벽은 어쩌지?"

『흥, 부수면 될 일이다.』

페르가 자신만만하게 그렇게 말하면서 걸음을 내디디자.

달칵──.

"어라? 이 소리는, 또 함정?!"

평범한 바위라고 생각했던 왼쪽 면이 쿠구구궁 하는 소리와 함께 열리더니, 커다란 돌덩어리가 데굴데굴 우리를 향해서 굴러왔다.

"마지막의 마지막까지 이러기냐고!"

도둑 왕이라는 녀석은 얼마나 집념이 깊었던 거냐고!

『흥, 약아빠졌구나.』

쉬익──.

페르의 발톱 참격에 직격당한 돌덩어리는 간단히 분쇄되었다.

"후우~ 당황했네. 페르, 고마워."

『이 정도는 당연하다.』

아, 그러십니까.

"보물 방이구나."

페르의 발톱 참격에 돌덩어리와 함께 보물이 있는 방으로 이어지는 벽도 부서져 있었다.

우리는 다 함께 보물 방으로 들어갔다.

『오오~ 번쩍번쩍한 게 가득하네!』

『반짝반짝.』

넘쳐날 정도의 금화와 반지와 목걸이, 왕관과 티아라 같은 보석이 달린 장신구들.

그게 산처럼 쌓여 있었다.

그 보물의 산에 둘러싸인 것처럼, 왕이 앉을 것 같은 호화로운 의자에 해골이 자리하고 있었다.

"저게 도둑 왕인가……. 죽어서 저세상에 보물을 가져갈 수 있는 것도 아닌데, 이렇게 보물에 둘러싸여 있어도 허무할 뿐일 것 같아."

『그만큼 욕심이 넘쳤다는 것일 테지.』

"그럼, 보물을 회수하자. 다들 도와줘."

페르에게 매직 백을 주고 모두에게 도움을 받아서 보물을 회수해나갔다.

『이얏호.』

금화로 된 산에 다이빙하는 드라 짱.

『와아.』

드라 짱을 따라서 스이도 금화의 산에 파고들었다.

"어이 어이, 이 녀석들. 드라 짱도 스이도 놀지 말고 회수해!"

『드라도 드래곤이다. 반짝이는 걸 좋아할 테지.』

"아, 역시 그런 게 있구나."

『커다란 드래곤처럼 수집벽이 있는 건 아니지만, 이렇게 반짝이는 건 싫지 않아.』

"호오, 그럼 이 중에서 마음에 드는 게 있으면 가져도 돼. 저기 있는 목걸이 같은 건 드라 짱 몸에도 할 수 있지 않을까?"

내가 가리킨 것은 미스릴 체인에 큼직한 다이아몬드가 달린 목걸이였다.

이거라면 드라 짱이라도 목에 걸 수 있지 않을까?

『으음, 싫어하지는 않지만 걸리적거리기만 할 테니까 됐어.』

"그래? 그럼, 모두 회수 작업 부탁할게. 나는 저쪽부터 회수할 테니까."

나는 페르와 드라 짱과 스이가 회수하는 곳 반대편부터 보물을 회수하기 시작했다.

"뭔지 잘 알 수 없는 것도 있는데, 그런 건 마법 도구 같은 종류려나?"

마법진이 그려진 판, 수상한 상자, 매직 백 같은 것도 있었다.

수가 많은지라 일단은 모조리 아이템 박스에 넣었다.

"앗? 어째서 이 글자가 쓰여 있는 거지?!"

아이템 박스에 넣으려고 손에 든 석판.

거기에는 이 세계에 있을 수 없는 문자가 적혀 있었다.

모험가 길드에서 지명 의뢰를 받고, 그것을 무사히 해낸 다음 카레리나로 돌아가는 도중.

　　의뢰 달성 보고는 이미 모험가 길드에 해두었고, 서둘러 돌아 갈 필요도 없겠다 싶어져서 잠시 다른 곳에 들르기로 했다.

　　궁금했던 소금의 도시 메르카단테.

　　암염이 특산품인 곳으로, 그 질 좋은 암염은 모나지 않는 부드 러운 맛으로 이 세계에서도 고급품으로 거래되고 있었다.

　　그 암염을 구하기 위해 우리 일행은 메르카단테를 방문했다. 우선은 모험가 길드를 찾아가 이 마을에 온 이유를 보고했다.

　　페르와 드라 짱과 스이 덕분이라고는 해도, 나도 일단은 S랭크 모험가니까 말이지.

　　신세를 지고 있는 카레리나 모험가 길드의 길드 마스터에게도, 다른 도시에 들를 경우에는 가능한 한 그곳의 처리되지 못한 고 랭크 의뢰를 받아달라고 부탁받기도 했고.

　　그런고로 이곳 메르카단테에서도 제일 먼저 모험가 길드로 갔 는데, 글쎄 우리보다 먼저 A랭크 모험가 파티가 이 마을을 방문 했고, 그 모험가 파티가 고랭크 의뢰를 모조리 받아 가서 현재 쌓 여 있는 고랭크 의뢰는 없다고 했다.

　　최근 대활약으로 S랭크도 멀지 않았다고 하는 소문이 도는 화 제의 모험가 파티로, 본인들도 그것을 의식했는지 적극적으로 고랭크 의뢰를 처리해주었다고 메르카단테 모험가 길드의 길드 마스터가 흐뭇한 얼굴로 이야기했다.

나로서는 운이 좋다며 덩실덩실 춤을 추고 싶을 만큼 감사한 이야기였지만, 페르와 드라 짱과 스이는 불만스러운 얼굴을 했다.

너희, 그런 얼굴을 한들 없는 건 없는 거니까 어쩔 수 없잖아?

다음으로 찾아간 곳은 상인 길드였다.

이 도시에서 거점으로 삼을 집 한 채를 빌리기 위해서였다.

소개받은 것은 방이 일곱 개인 곳과 아홉 개인 곳 두 건으로, 집세는 양쪽 다 일주일에 금화 60닢이었다.

평소 소개받던 집보다 양쪽 모두 약간 작은 편이기는 했다.

하지만 어느 쪽이든 우리 중에 제일 커다란 페르가 편히 지낼 수 있는 크기는 되니 문제없으리라.

양쪽을 살펴본 결과, 어느 쪽으로 할지는 바로 정해졌다.

이 도시에서의 거점으로 빌린 것은 방 일곱 개인 물건이었다.

상점가와 가까운 것이 결정적이었다.

집세를 선불로 내고, 집 열쇠를 받았다.

이 일련의 작업도 이제는 익숙해졌다.

그런 느낌으로, 이곳 메르카단테에서의 잠자리도 확보한 우리는 급한 일이라도 있는 양 상점가로 향했다.

냄새에 이끌린 듯 먹보 트리오 페르, 드라 짱, 스이의 발길이 포장마차가 모여 있는 곳으로 향했다.

특산품인 소금을 사러 상점가로 온 건데 바로 이렇다니까.

이 고기 굽는 냄새가 문제지. 먹보 트리오의 위장에 직격이라고.

당연하다면 당연한 일이지만, 먹보 트리오에 의한 맹렬한 떼쓰기로 결국은 구입하는 꼴이 되었다.

먹보 트리오가 택한 것은 노릇노릇 맛있게 구워진 코카트리스 고기를 내놓는 포장마차였다.

집어삼킬 듯이 고기 굽는 모습을 빤히 지켜보는 먹보 트리오에게 조금 질려 하면서도, 노릇하게 구워진 고기를 대량으로 구입했다.

우리 애들을 먹이려면 아무래도 대량이 되고 만다니까.

출출하던 나도 하나 먹기로 했다.

살짝 눈 자국이 있는 코카트리스 고기를 덥석 베어 물었다.

"맛있어……."

코카트리스 고기에 소금을 뿌려 구웠을 뿐인 단순한 요리인데, 엄청나게 맛있었다.

껍질은 바삭했고, 살코기는 육즙이 촉촉했다.

씹을수록 육즙이 흘러나오는 것이 참으로 절묘하게 구워졌다.

그 절묘하게 적당히 잘 구워진 코카트리스 고기에 이 지역 특산품인 소금의 짭짤한 맛이 더해지자, 그것만으로도 더할 나위 없이 맛있어졌다.

『음. 나쁘지 않구나.』

『맞아. 이 조금 눌어붙은 부분이 참을 수 없이 맛있어.』

『맛있어~.』

먹보 트리오도 기분 좋게 고기를 먹고 있었다.

"이 고기, 구워진 정도가 아주 절묘해~. 소금만으로 이렇게나 맛있다니."

코카트리스 고기를 한입 가득 베어 물며 감탄하는 나.

"형씨, 기분 좋은 말을 해주는걸!"

내 혼잣말을 듣고 있었는지, 포장마차의 주인아저씨가 싱글벙글하며 말을 걸어왔다.

"그것참~ 이거 정말로 맛있네요. 겉은 바삭하고 속은 촉촉한 게, 정말 잘 구워졌어요."

"뭐, 이 일을 한 지 30년이니까 말이야~."

"소금도 당연히 이 도시에서 나는 걸 쓰는 거겠죠?"

"당연하지! 질 좋은 암염은 이 도시의 자랑이라고. 심지어 그중에서도 내가 감정해 고른 양질의 소금을 쓰고 있단 말씀."

자랑스럽게 이야기하는 주인아저씨를 보고, 그렇다면 정보 수집 겸 특산품인 암염을 산다면 어느 가게를 추천하는지 물어보았다.

"어디 보자……."

포장마차의 주인아저씨가 추천해준 가게는 두 곳이었다.

한 곳은 품질이 그럭저럭인 암염을 양심적인 가격으로 파는 가게이고, 또 한 곳은 조금 가격은 나가지만 품질이 좋은 암염을 파는 가게였다.

페르, 드라 짱, 스이도 코카트리스 고기를 다 먹은 다음, 우리는 바로 그 두 가게에 가보기로 했다.

먼저 방문한 곳은 품질이 그럭저럭인 암염을 양심적인 가격으로 팔고 있다고 하는 세델포름 상회.

페르와 드라 짱과 스이는 밖에서 기다리게 하고, 나 혼자서 가게에 들어갔다.

가게에 있는 소금은 포장마차의 주인아저씨에게 들었던 대로 품질이 그럭저럭이었다.

약간 변색은 됐지만, 이 정도라면 허용 범위다. 모래도 섞여 있지 않고, 전혀 문제없는 느낌이었다.

소금은 이쪽 세계의 것을 쓸 수 없을까 해서 여기저기 보고 다녔으니까 말이지. 나도 좀 깐깐하다고.

안에 딱 봐도 모래가 섞여 있는 소금이나, 이거 흙도 같이 들어 있잖아? 하는 느낌의 적갈색으로 변색된 소금 같은 것도 아무렇지 않게 팔리고 있다고.

게다가 그런 소금이 터무니없이 비싼 경우도 있었다.

그랬기 때문에 지금도 인터넷 슈퍼에서 산 소금을 쓰고 있었던 것이다.

이 도시는 소금이 특산품인 만큼 아무래도 그 정도로 심각한 건 눈에 띄지 않지만.

그리고 길을 걸으면서 체크한 다른 가게에 비하면 포장마차의 주인아저씨 말대로 품질에 비해 양심적인 가격 설정이기는 한 듯했다.

여기서는 잘게 부순 암염을 마대(소)로 한 자루 사고, 주먹 크기의 암염을 두 덩어리 샀다.

좋은 쇼핑이었다고 뿌듯해하며 나는 이어서 다소 가격은 비싸지만 좋은 품질의 암염을 팔고 있는 에지워스 상회로 향했다.

여기서도 페르와 드라 짱과 스이는 밖에서 기다리게 하고 나 혼자서 가게로 들어갔다.

어느 쪽인가 하면, 부유층을 주 고객으로 하는 가게라는 느낌이랄까? 가게의 내부 장식도 고상한 느낌이었다.

주인아저씨가 말했던 대로 가격은 조금 비쌌지만, 척 보기에도 품질이 좋아 보이는 암염이 놓여 있었다.

모래가 섞이거나 변색되어 있는 그런 소금은 일절 보이지 않았다.

이거 인터넷 슈퍼에서 파는 암염과 비교해도 손색이 없는걸.

그런 생각을 하고 있으려니, 점원분이 맛보기를 권했다. 그래서 맛을 한번 보기로 했다.

아주 조금의 양을 혀 위에 올리고 입에 머금자⋯⋯.

"!"

부드러운 짠맛에 희미한 감칠맛이 퍼져나갔다.

"맛있어⋯⋯."

이쪽 세계에서 지금까지 보아온 소금이 부족한 것들뿐이었던 만큼, 더더욱 놀랐다.

나의 놀란 표정을 본 점원분도 자랑스러운 얼굴을 했다.

이 소금의 품질에 상당한 자신을 갖고 있는 것이 틀림없다.

아니, 하지만 이건 인터넷 슈퍼에서 산 암염보다도 맛있을지도 몰라.

물론 이것도 샀다.

여기서도 잘게 부순 암염을 마대(소)로 한 자루 사고, 주먹만한 암염을 두 덩어리 구입했다.

소금이라고 생각하면 꽤 큰 돈을 썼지만, 후회는 일절 없다.

우리 사역마들 덕분에 돈에는 전혀 곤란하지 않고, 밥이 맛있어지는 요소가 있다면 그 셋도 불만은 없을 터다. 그보다, 미식가 먹보들이니까 오히려 사라고 할 테지. 분명.

그것참~ 정말로 좋은 쇼핑이었어.

포장마차의 주인아저씨도 좋은 가게를 소개해주셨는걸.

역시 이런 건 그 지역 사람에게 물어보는 게 제일이라니까. 최고 정보통은 지역 주민이니까.

흐뭇한 얼굴로 에지워스 상회를 나와서 페르, 드라 짱, 스이와 합류했다.

『히죽거리는 얼굴이 기분 나쁘구나.』

내 얼굴을 보고서 그런 실례인 말을 하는 페르.

"기분 나쁘다니 실례잖아. 좋은 걸 살 수 있어서 기분이 좋은 거라고. 맛있는 소금이니까, 밥에도 영향이 있을 거야."

『뭐라?!』

밥에도 영향이 있을 거라고 말하자 페르만이 아니라 드라 짱도 스이도 적극적인 반응을 보였다.

"이 소금이랑 후추를 뿌려서 구운 스테이크, 얼마나 맛있을까~."

이 정도의 소금을 구했으니, 그 맛을 마음껏 즐기기 위해서도 가능한 한 단순한 요리가 좋으리라.

그렇다면, 고기를 아주 좋아하는 먹보 트리오를 생각해서 메뉴는 역시 스테이크로 해야겠지?

『그래, 지금 당장 돌아가자.』

『그래. 돌아가면 바로 스테이크야.』

『스테이크!』

"잠깐 잠깐 잠깐, 밀지 마!"

얼른 돌아가 스테이크를 먹고 싶은 페르가 머리로 내 등을 밀어댔다.

페르를 따라 하듯 드라 짱과 페르에 올라탄 스이도 내 등을 밀기 시작했다.

"잠깐, 다들 밀지 말라고!"

앞으로 고꾸라질 뻔하며 셋에게 항의를 하고 있으려니 오싹, 한기가 들었다.

누군가가 보고 있는 듯한 감각.

뭘까 하며 주변을 둘러보자…….

"히익……."

수염이 덥수룩하고 탄탄한 체형의 작은 아저씨, 드워프 집단이 번뜩이는 눈으로 나를 바라보고 있었다.

놀란 나는 페르와 드라 짱과 스이를 데리고서 도망치듯 빌린 집으로 돌아갔다.

집에 도착한 나는 그게 뭐였을지 생각했지만, 먹보 트리오에게 재촉을 받아 스테이크를 굽는 사이에 드워프들에 관한 일은 머릿속에서 사라졌다.

참고로 이 마을의 특산품인 암염과 간 흑후추를 뿌려 구운 와 이번 고기 스테이크는 페르, 드라 짱, 스이 먹보 트리오도 황홀한 표정을 지을 정도로 맛있었다는 말을 남겨둔다.

◇ ◇ ◇ ◇ ◇ ◇

다음 날, 드워프들의 일 같은 건 완전히 잊어버렸던 나는 페르 일행을 데리고서 예상 이상으로 맛있었던 암염을 추가로 구입하기 위해 상점가로 향했다.

나와 모두가 마음에 들어 한 것은, 조금 비싼 에지워스 상회의 암염이었다.

그 에지워스 상점에서 어제의 세 배 되는 양의 암염을 구입했다.

조금 많지도 모르지만, 우리 몫을 더 확보하고 싶기도 했고 집에서 기다리고 있는 모두에게 줄 선물, 이라고 할까 식사를 책임져주고 있는 테레자와 아이야에게 주어도 괜찮겠다 싶었기 때문에 넉넉하게 샀다.

뭐라 해도 소금은 필수품이고, 이곳의 질 좋은 소금을 주면 실생활이 훨씬 풍족해질 테니 말이다.

그런 느낌으로 소금 추가 구입을 마치고, 다음은 상점가를 어슬렁어슬렁 견학이라도 할까 생각한 순간, 다시 오한이 들었다.

머뭇머뭇 주변을 살펴보자…….

"히익!"

어제와 같은 드워프 집단이 나를 번뜩이는 눈으로 바라보고 있었다.

그보다, 인원수가 약간 늘어난 것 같은데?

정말이지, 뭐냐고~.

페르를 방패 삼아서, 그 커다란 몸 뒤로 숨으며 드워프 집단의 옆을 스쳐 지나갔다.

드워프 집단에게서 어느 정도 떨어지고서 안도의 한숨을 내쉬었다.

『어이, 저놈들은 어째서 너를 노려보는 것이냐?』

"나도 몰라. 오히려 내가 묻고 싶을 정도야."

『이런 이런, 본인도 모르는 사이에 뭔가 저지른 거 아냐?』

『그런 적 없어! 아마도…….』

본인도 모르는 사이에라고 말한들…….

드워프에게 찍힐 만한 일 같은 건 나는 절대 안 했다고.

무엇보다 이 마을에는 아는 사람도 없고, 여기에 온 후로도 내가 접촉한 사람은 열 손가락으로 꼽을 정도니까.

그중에 드워프는 한 명도 없었단 말이야.

애초에 아주 잠깐 이야기한 정도로, 저런 식의 시선을 받을 만한 짓을 저질렀을 리 없잖아.

생각하면 할수록 이해가 안 되네.

드워프라고 하면 제작과 술.

그것 말고 드워프에게 찍힐 만한 일은 없을 것 같은데, 그래서 더더욱 이유를 모르겠다.

이 도시에 와서 드워프와 접촉한 적도 없고 이야기조차도 한 적 없으니까, 제작이든 술이든 찍힐 이유가………….

"아!"

혹시, 그건가? 그거였던 거야?!

내가 취미로 하고 있는 주점.

취미로 하는 일이기 때문에 언제 열지 어디서 열지도 내 마음대로다.

현재는 방문한 곳에서 시간 여유가 있을 때나 내 기분이 내킬 때 열고 있다.

파는 술이 인터넷 슈퍼의 외부 상점에 있는 리큐어 샵 다나카에서 구입한 이세계 술이기도 하다 보니, 시장에서 소문이 돌아 시끄러워지는 것도 싫고 이것저것 성가셔지기도 할 것 같아서 여러 가지로 조건이라고 할까 규칙을 세워두기는 했다. 그러나 사람 입에 자물쇠를 채울 수는 없는 일이었다.

실제로 가게에 온 사람들 중에는 내가 누구인지 아는 사람도 있었을 테니까.

일단, 나도 나름 S랭크 모험가고.

흐음. 그렇게 따져보면 내가 취미로 하는 주점이 원인이라고밖에 생각할 수 없겠군.

그렇게 생각하며 조심스럽게 드워프 집단이 있던 쪽을 돌아보았다.

아직 있어. 게다가 아직 이쪽을 보고 있어.

마음을 다잡고 술을 마시는 동작을 해 보이자…….

드워프 집단 전원이 눈을 크게 부릅뜨고서 응응 하며 고개를 고속으로 끄덕였다.

…………아, 역시 술이었나.

원인을 알고 나니 맥이 풀렸다.

그나저나, 술에 대한 드워프의 집념은 무시무시하구나.

이곳에서는 주점을 열 예정이 없었는데, 이래서야 열지 않으면 저 드워프 집단 전원이 통곡할 게 틀림없겠네.

그 모습이 선명하게 상상되어 쓴웃음이 나왔다.

어쩔 수 없지. 오랜만에 주점을 열어볼까.

아무리 그래도 준비는 필요하니까, 오늘 밤 당장 열 수는 없지만. 내일 밤에 가게를 열 수 있도록 진행해야지.

나는 상점가에서 쇼핑을 할 겨를도 없이 주점을 낼 준비를 시작하기로 했다.

◇ ◇ ◇ ◇ ◇

『그럼 우리는 이쪽에서 자고 있겠다.』

"그래."

이번에도 창고를 빌려서 점포를 열었다.

창고라는 것은 대체로 마을 외곽에 있기 때문에 경호를 위해 페르와 드라 짱과 스이를 데리고 왔다.

이 마을에서 주점을 할 생각은 없었기 때문에 처음에는 셋 모두(특히 페르)가 귀찮다며 떨떠름해했지만, 오랜만에 드래곤 스테이크를 내주었더니 바로 의욕을 보였다.

드래곤 고기가 그만큼 맛있다는 뜻이겠지만, 세계에 이름난 펜리르가 이래도 되는 것인가 싶어서 조금 복잡한 기분이다.

뭐, 이 마을 특산품인 암염과 흑후추를 뿌려서 구운 드래곤 스테이크는 한순간 말을 잊을 만큼 맛있었지만.

그건 그렇다고 치고, 서둘러서 개점 준비를 해야 한다.

목제 테이블 위에 리큐어 샵 다나카에서 구입한 위스키, 브랜디, 보드카, 럼주, 진, 와인, 맥주, 일본주, 매실주 등등을 꺼내놓았다.

이건 시음용이다. 전부 이쪽에는 없는 술들이니, 일단 맛을 알아야 살 수 있을 테니 말이다.

이 도시의 드워프들은 정말로 간절히 기다렸다는 느낌이었던지라, 이쪽도 지금까지 중에서 술 종류를 가장 많이 준비해두었다.

다만 드워프 놈들은 모조리 다 시음을 하기 때문에, 시음용인데 매번 빈 병이 무더기로 나오는 것이 좀 그랬다.

그래서 생각해냈는데, 이번에는 새로운 시음법을 시도해볼까 한다.

웰컴 드링크로 이곳 특산품인 암염을 쓴 칵테일을 내놓는 것이다.

그것도 지금부터 준비하려고 한다.

재료는 다 있으니, 이제 만들기만 하면 된다.

칵테일이라고는 해도, 셰이커를 쓰거나 하는 종류는 아니다.

나도 충분히 만들 수 있는 것으로, 실제로 가끔 마시고 싶어져서 나도 직접 만들어 마시곤 한다.

준비한 것은 인터넷 슈퍼에서 구입한 무색투명한 락 글라스.

그 글라스 가장자리에 레몬을 문질러서 적셔둔다.

그런 다음 이곳에서 산 암염을 평평한 접시에 깔고, 글라스 가장자리를 눌러서 소금을 묻힌다. 스노우스타일이라는 거다.

소금이 묻은 잔에 페르에게 부탁해 만들어둔 얼음을 넣는다. 크기는 잔에 맞는 큼지막한 것을 하나.

작은 것을 넣으면 빠르게 녹아서 밍밍해지기 때문에, 나는 언제나 이렇게 하고 있다.

잔에 얼음을 넣은 다음엔 보드카와 자몽 주스를 1 대 2 비율로 넣어서 가볍게 저으면 완성이다.

"응, 괜찮게 만들어진 것 같네. 솔티 도그."

내가 맛볼 한 잔과 가게를 방문할 수 있는 최대 인원수에 맞춰 열한 잔을 만들었다.

"맛 확인 확인."

그저 마시고 싶은 것이기도 하지만.

오랜만에 마시는 솔티 도그.

"음, 완벽해."

아, 과음에는 주의해야 한다.

솔티 도그는 맛있고 마시기 쉬워서 무심코 계속 들이켜게 되는데, 이건 알코올 도수가 제법 높다.

그도 그럴 게 베이스가 보드카인걸~.

내가 바로 솔티 도그를 너무 마시다 일을 저질렀던 적이 있는 장본인이기도 했다.

집에서 마셨기에 망정이지, 솔티 도그를 너무 마시는 바람에 고주망태가 되도록 취했고 정신을 차리고 보니 화장실에서 자고 있었던 적이 있었다.

머리는 아프지, 화장실에서 잤다는 사실에 체면은 상하지, 정말이지 무어라 말할 수 없는 기분이었다.

그 이후, 솔티 도그에는 조심을 하고 있다.

특히 오늘은 손님 상대를 해야만 하기도 하고.

"이걸로 준비 완료. 이제 손님이 오기를 의자에 앉아서 느긋하게 기다려볼까요."

의자에 앉으려 하던 때, 똑똑 하고 창고 문을 두드리는 소리가 들려왔다.

기다릴 새도 없이 손님이 온 모양이다.

"암호는?"

정해진 대로 암호를 물었다.

"두껍게 썰어 파와 소금으로 양념한 우설."

이번 암호가 낮은 목소리로 들려왔다.

이쪽 사람은 무슨 의미인지 모를 암호. 생각하는 게 귀찮아서 암호는 고기구이 시리즈를 기본으로 정해두고 있다.

문을 열자 바로 눈사태처럼 밀려드는 드워프 집단.

가게에 관해 전달받은 한 명+그가 소개한 사람 열 명, 제한에 꽉 찬 열한 명이다.

"드디어, 드디어."

"크으~ 나는 여기 올 때까지는 죽을 수 없다고 다짐했었어."

"술이다, 술."

"오늘은 지갑을 열 거라고."

"이런 기회는 좀처럼 없어. 집에 있는 돈을 다 긁어 왔지."

그런 말과 함께 시끌벅적 소란을 피우는 드워프 집단에게 말을 걸었다.

"어서 오십시오. 우선은 환영의 뜻으로 이 도시의 특산품인 암염을 쓴 칵테일을 준비했으니 이쪽으로 오시죠."

준비해두었던, 식당에 놓여 있을 법한 특제 긴 테이블에 인원수에 맞춰 동그란 의자를 꺼내둔 곳으로 안내를 했다.

모두를 자리에 앉게 하고, 아이템 박스에 넣어두었던 솔티 도그를 꺼냈다.

"호오~ 잔 테두리에 소금에 발라져 있는데?"

"과즙을 섞은 술인가? 여자가 좋아할 법한 술이로군."

"그런 것보다, 이 투명한 잔 좀 보게. 아주 잘 만들었어."

또다시 시끌시끌해지기 시작한 아저씨들에게 이것만큼은 알려두어야겠다며 "보기와는 다르게 제법 도수가 높으니까, 주의해주세요"라고 말했지만…….

사람 말을 뒷등으로도 안 듣고 모두가 단숨에 술을 들이켰다.

"크흐. 깔끔해서 잘 넘어가는걸!"

"흐음. 과즙을 섞어서인지 입안이 산뜻하군."

"도수가 센 술을 마시기 전에 준비운동으로는 딱 좋아."

솔티 도그를 단숨에 마시고 신이 나서 서로 감상을 말하는 아저씨들의 모습에 힘이 쭉 빠진 나.

그래, 그랬지.

드워프는 이런 사람들이었어…….

다시 마음을 다잡고 술을 사는 방법을 설명했다.

일단 내놓은 술은 전부 시음이 가능하다는 것.

시음은 술 하나당 한 번뿐. 이건 나중에 덧붙인 규칙이다.

시음이 가능하다고 했더니, 몇 번이고 같은 술을 시음하는 패거리가 생겨서 하나의 술에 한 번뿐이라고 정해두었다.

그리고 시음용 잔은 솔티 도그 잔과 같은 크기의 락 글라스다.

처음에는 쇼트 글라스로 했었는데, 드워프들에게 상당한 불평을 들어야 했다.

그래서 락 글라스로 바꾸고 양은 잔의 절반까지로 정했다.

시음하고 마음에 든 술은 술 하나당 열 병까지 구입이 가능하다고 설명했다.

그리고 마지막으로 "이 가게의 규칙은 충분히 알고 계시리라고 생각합니다만, 규칙을 엄수해주시기를 거듭 부탁드립니다"라고 다시 한번 못을 박아두었다.

뭐, 술을 구한 곳을 추궁하는 등 쓸데없는 걸 물어볼 생각 말고 고분고분하게 술을 즐기라는 뜻이다.

얌전한 얼굴을 하고서 "그래" 하고 아저씨들은 고개를 끄덕였지만, 시음용 잔을 건넨 순간부터 눈을 번뜩이며 안절부절못하고 있는 거 알고 있거든.

술은 도망치지 않으니까 진정 좀 하라고.

"그럼, 시음을 시작하겠습니다."

이런, 드워프들은 전혀 듣지 않을지도 모르지만, 일단 이것도 말해둬야지.

"이번에 준비한 술은 비교적 도수가 높은 게 많습니다만, 여러분의 오른쪽에 있는 술은 그중에서도 도수가 높은 술이니 주의해 주십시오."

우측에 진열해놓은 것은 위스키, 브랜디, 럼주, 보드카, 진 종류다.

드워프들에게는 위스키가 인기 있다 보니 아무래도 알코올 도수가 높은 술이 많아지고 말았다.

"그럼 부탁하네."

이번 손님들은 사전에 회의라도 했는지, 제각기 시음을 부탁하는 것이 아니라 놓여 있는 술을 차례차례 다 함께 시음할 생각인 모양이었다.

그건 상관없지만, 방금 주의를 주었는데 알코올 도수가 높은 오른쪽부터 시음을 시작하려는 건 대체 어찌 된 건지.

정말이지.

게다가 우연인지, 드워프에게 가장 인기 있는 위스키부터다.

스카치위스키의 명문으로 싱글몰트의 최고봉이라고도 불리는 술이다.

이런 걸 마셨다간 더더욱 기운 넘치게 되는 게 아닐까 생각하면서도 모두의 잔에 따라주었다.

"드워프 여러분께 좋은 평가를 받는 위스키라는 술 중 하나입니다."

이것도 벌컥 단숨에 비웠다.

조금 더 맛을 느끼면서 마시라고.

"향이 좋구먼~."

"크으~ 맛있어!"

"농후한 맛이 말로 표현할 길이 없군."

"너무 맛있잖아."

황홀한 표정을 짓고 있는 작은 아저씨들.

퍼뜩 정신을 차리더니 다음 술을 시음한다.

그걸 반복했고…….

………………….

…………….

…….

"그것참~ 좋은 물건을 샀어."

"크으~ 난 왜 돈을 더 들고 오지 않은 거냐고!"

"나는 말이지, 오늘을 위해서 가게에 있던 미스릴 검을 팔아버
렸거든. 덕분에 잘 샀어."

"전부, 전부 사고 싶었는데. 나머지를 구하는 날까지는 죽어도
못 죽어."

"나는 위스키가 마음에 들었어. 위스키는 전 종류 다 샀다고."

하아~ 지친다.

살 거 다 샀으면 이만 돌아가 주시겠어요……?

기뻐하며 대화를 나누는 드워프들 옆에는 초주검이 된 나.

"그럼, 고마웠네!"

"정말 즐거운 날이었어!"

"또 이 도시에 와주게나!"

제각기 그런 말을 하면서 가져온 나무 상자를 소중하게 챙겨 든 드워프들이 창고를 나섰다.

배웅을 하기 위해 밖으로 나왔다가 얼굴을 움찔거렸다.

"마차로 온 거냐……."

나무 상자를 가져온 건 봤지만, 설마 마차로 왔을 줄이야.

당신들, 너무 용의주도하잖아.

흐뭇한 얼굴로 돌아가는 드워프들을 배웅하고서 의자에 털썩 주저앉았다.

"조금 쉰 다음에 정리하자. 그나저나, 설마 모두가 모든 종류를 시음할 줄이야……."

테이블 위에는 텅 빈 병이 죽 놓여 있었다.

"이번에는 지금까지 중에서 종류가 제일 많았는데, 설마 다 비워버릴 줄 몰랐어. 정말이지, 드워프들 간은 어떻게 생겨 먹은 거람."

애주가 드워프의 무시무시함을 새삼 깨달은 나였다.

후기

에구치 렌입니다. '터무니없는 스킬로 이세게 방랑 밥 9 곱창구이×폭식의 축제'를 읽어주셔서 정말로 고맙습니다!

어느새 벌써 9권이 되었습니다. '터무니없는 스킬로 이세계 방랑 밥'이 발간되고, 이제 만 4년이 됩니다. 이 시리즈를 이렇게 오랜 시간 낼 수 있을 거라고는 꿈에도 생각하지 못했습니다. 이 시리즈가 여기까지 올 수 있었던 것도 읽어주신 독자 여러분 덕분이라고 절실하게 느끼고 있습니다. 독자 여러분에게는 정말로 감사드립니다.

9권은 드롭 아이템이 대부분 고기뿐이라는 로센달의 던전, 통칭 '고기 던전'에서의 이야기가 메인입니다. 고기를 매우 좋아하는 페르와 드라 짱과 스이, 먹보 트리오가 이때만 기다렸다는 듯이 폭주합니다(웃음).

로센달의 고아원 아이들과의 교류 등, 마음 따뜻해지는 장면도. 그런 부분도 즐겨주셨으면 좋겠습니다.

그리고 이번에도 이 서적 9권과 본편 코믹스 6권, 스이가 주인공인 외전 '스이의 대모험' 4권이 동시 발매됩니다.

본편 코믹스도 외전도 큰 호평을 받고 있어 원작자로서도 기쁘기 그지없습니다.

새삼 말할 필요도 없을지 모르지만, 본편 코믹스도 외전도, 양쪽 모두 정말 재미있습니다!

부디 이쪽도 읽어봐 주세요. 전부 마음에 드실 겁니다!

일러스트를 그려주시는 마사 선생님, 본편 코믹스를 담당해주시는 아카기시 K 선생님, 그리고 외전 코믹스를 담당해주시는 후타바 모모 선생님, 담당 I님, 오버랩사 여러분, 언제나 늘 정말로 감사드립니다.

마지막으로 여러분, 무코다와 페르와 드라 짱과 스이의 느긋하고 따스한 이세계 모험담 '터무니없는 스킬로 이세계 방랑 밥'의 WEB, 서적, 본편 코믹스, 외전 코믹스를 앞으로도 잘 부탁드립니다.

10권에서 다시 만날 수 있기를 진심으로 바라겠습니다.

Tondemo Skill de Isekai Hourou Meshi 9
ⓒ2020 Ren Eguchi
First published in Japan in 2020 by OVERLAP, Inc.
Korean translation rights reserved by Somy Media, Inc.
Under the license from OVERLAP, Inc., Tokyo JAPAN

터무니없는 스킬로 이세계 방랑 밥 9

곱창구이×폭식의 축제

2024년 1월 15일 1판 2쇄 발행

저   자 에구치 렌
일 러 스 트 마사
옮 긴 이 이신
발 행 인 유재옥
이   사 조병권
출판본부장 박광운
담 당 편 집 홍길동
편 집 1 팀 박광운 최서영
편 집 2 팀 정영길 조찬희 박치우 정지원
편 집 3 팀 오준영 이해빈 이소의
디자인랩팀 김보라 박민솔
디지털사업팀 박상섭 김지연 윤희진
라이츠사업팀 김정미 맹미영 이윤서
영업마케팅팀 최원석 박수진 박소연
물 류 팀 허석용 백철기
경영지원팀 최정연
인쇄제작처 ㈜코리아피엔피
발 행 처 ㈜소미미디어
등   록 제2015-000008호
주   소 서울시 마포구 토정로222, 403호 (신수동, 한국출판콘텐츠센터)
판매 및 마케팅 (070) 8822-2301

ISBN 979-11-384-3529-1
ISBN 979-11-6190-011-7 (세트)